お狐サマの言うとおりッ！

かたやま和華
Waka Katayama

B's-LOG 文庫

イラスト／風都ノリ

目次

紗那王
（しゃなおう）
銀毛九尾のお狐様。
トレードマークは銀の髪と檜扇。
ある日、桐緒に
とり憑いて……!?
風祭桐緒
（かざまつり・きりお）
風祭道場の看板娘。
武士の道をつらぬきつつ、
おシャレも大好きお江都の
はねっかえり乙女。
反枕／家鳴
（まくらがえし／やなり）
風祭道場に棲む妖魔たち。
とにかくいつも
にぎやかしい。

登場人物紹介ッ!
風祭鷹一郎
(かざまつり・よういちろう)
桐緒の兄。
頼りがいはバッチリだけど、
どこか掴めない
里芋のような性格。
沢木藤真
(さわき・ふじま)
桐緒と鷹一郎の幼馴染。
風祭道場にとっては
縁の深い人物。
エリート街道まっしぐら中。
化丸
(ばけまる)
紗那王が連れてきた
ナマイキ盛りの小姓。
こう見えて実は……。

序◎きっかけの夕

「えっ！　何、今の⁉」

吐く息が白く凍てつく夜の底に、壊れた笛の音のような金切り声を聞いた。

女か赤ん坊か、それとも犬か猫か。声の正体はわからないまでも、事態が只事じゃないことだけは、すぐにわかった。

とっさに、風祭桐緒は腰に差した刀の柄に悴む手をかけ、悲鳴のする方へ駆け出していた。

阿佐草カブキ町で仲村座の弥生興行を観た帰りの出来事だった。

「何を手間食ってる！　早く捕まえろ！」

澄田川の支流である山谷堀沿いの道で、駕籠から半身を乗り出した若い男が甲高い声で喚き散らしているのが見えた。

この堀沿いの道は日本堤と呼ばれ、色里芳原への玄関口でもある。駕籠の中の男のこざっぱりとした身なりからして、それなりの大店の若旦那なのだろう。洒落こみ具合に、これから女を買おうという助平な意気ごみがむんむんに見て取れた。

「早くしろ、早くっ！」

叱咤されて、商家の手代と思しき男と駕籠かきふたりが、三方からじりじりと距離を詰めていく。その真ん中にうずくまるのは、悶え苦しんでいる血みどろの女……では、なく。

手にしていた提灯をかざしてみて、桐緒は正直、拍子抜けした。

そこにいるのは、猫、だったのだ。闇の中でも神々しいほどに白くまぶしい猫が、男たちに追い駆け回され、総毛を逆立てて怒り狂っていた。

「生け捕れ！　君菊は猫が好きなんだ！」

「ですが、この猫め、どうにもすばしっこく……」

「石でもなんでもいいから投げつければいいだろう！」

なんだか物騒なことを言っている。野良猫をお目当ての花魁への手土産にしようなんて、野暮ったらしいとしか言いようがない。

どうしたものかと見ていると、主人に忠実な手代が言われるがままに小石を拾い上げたので、さすがに桐緒も放っておくわけにはいかなかった。先んじてヤツらの足元目がけて小石を投げつけてやると、コツンと暗闇のどこかにそれが落ちた音がして、

「ひゃっ⁉」

声を揃えて男三人が飛び上がった。人間、悪いことをしているときほど些細な物音が大きく聞こえるらしい。

「なななななんの音だ、今のっ？」

誰だ、どこだっ、と男たちが口々に騒ぐので、桐緒は呆れ声で叫んでやった。

「やめなさいよ、みっともない。小さな生き物いじめてどうするつもりよ」

「うっ……」

花のお江都で近ごろ流行りの〝ぶぅつ〟を履いた桐緒が踵を鳴らしてひらりと姿を現すと、男たちは揃って目を丸くした。

熊のようないかつい大男に見咎められたのならまだしも、そこにいるのは腰に刀を差してはいるものの、襟元や裾に〝れぇす〟をあしらった浪漫的な着物を纏う小柄な娘と来れば、驚くのも無理はない。このれぇすなる布は、元は欧羅巴杏からの舶来品だったものが日ノ本でも今や盛んに織られるようになり、江都娘たちがこぞって着物や小物に取り入れている飾りだった。

「やめなさいってば。逃げるってことは、猫も嫌がってるってことなんだから」

嚙んで含めるような娘の言葉を前にして、誰もがバツが悪そうな顔をし、押し黙った。やましいのを承知でやっていただけに言い返す言葉もない、といったところか。

そんな男たちを桐緒がこぼれおちそうな大きな瞳でいつまでも見遣っていると、

「なんだ、なんだ！　黙って聞いてりゃ、お前は！」

と、逆ギレした人物がひとり。押し黙る男たちに猫を捕らえるよう命じていた、例の駕籠の中の若旦那だった。

「余計な真似しやがって、この出しゃばりがっ」

「はァ!?　誰が出しゃばりだってぇ!?」

あろうことか若旦那が駕籠から転がり出て食ってかかって来たので、桐緒はおもむろに刀の柄に右手を運んだ。斬るつもりはない、お灸をすえてやるつもりだった。この手の空威張り野郎は、刀を抜く仕草さえ見せればすぐに縮みあがる。

はずなのだけれど、酔って正体をなくしている人間というのは強かった。若旦那がでっぷり太ったお腹を揺らして笑い出したのだ。

「またまたぁ、お武家さま威勢はいいけど、どうせそれ、竹光なんじゃないのぉ？」

「た、竹光だぁ!?」

竹光というのは、その名のとおり竹を削った刀身のこと。生活に困って武士の魂である刀剣を売ってしまった貧しい侍が持つものだ。

「この太平のご時世に剣術だなんて酔狂だぁね。今の世の中、斬れ味がモノを言うのは刀よりお金ですよ、アハハ」

プツン、と。酔狂、という言葉に桐緒の堪忍袋の緒が切れた。

刀よりお金がモノを言う時代なのは、百歩譲って認めよう。けれど、商家には商家の守るべき暖簾があるように、武家にも武家なりの守るべき暖簾があると桐緒は信じている。

「竹光かどうか知りたけりゃ、あんたのその目で確かめな」

桐緒は一歩後ろに下がりながらすばやく刀を袈裟に抜き払った。鋭い刃音に若旦那がきつく目を瞑り、恐る恐る目を開いて、桐緒の刀身がすでに鞘に納まっているのを見るなり、ホッと安堵の吐息を漏らす。

「な、なんでぇ、脅かしやがって」

「一昨日来やがれってんだ、バカ旦那」

「なんだ……と、うあぁぁぁ!?」

自分の姿に気付いた若旦那が、絶叫して目を剝いた。胸元から羽織紐が落ち、そればかりか着物が×印に斬られていたのだ。破れ障子のようにぺろりとめくれた正絹の着物の間から、出ベソが見え隠れしているのが情けない。

「わわわ、腹が斬られた！ 痛いっ！ 寒いっ！」

「お腹の皮一枚斬られただけでギャーギャーうるさいのよ！」

辻斬りだぁぁ！ と若旦那は理不尽な悲鳴を上げていたけれど、いつの間にか遠巻きにこの騒動を野次馬していた誰もが、男の愚行を失笑しているようだった。

泣き叫ぶ若旦那を強引に駕籠に押し込みながら、手代は何度も桐緒に、すみませんすみません、と腰を折っていた。かわいそうに、バカな主人を持つと奉公人は苦労する。

若旦那は駕籠の簾が下りてもまだ中で騒いでいたけれど、駕籠かきはそれを無視してエイヤッと肩に担ぎ棒を担ぐや逃げるように地を蹴り、一行の提灯の火はあっという間に日本堤のずっと彼方に消えていった。

「うっわ、逃げ足速っ」

長い黒髪を肩の後ろに跳ねのけて、桐緒は男たちにあっかんべぇをしてやった。こういうお金と太平にあぐらをかいたようなヤツが桐緒は大っ嫌いだ。

「あー、せっかく美貌の松下ソメゾウさまの芝居にうっとりしてたのにっ」

一気に現実に引き戻されてしまったこの後味の悪さを、どうしてくれよう。

そして、思い出す。

「あ、そういえば猫はどこ？」

白猫はどこに逃げたんだろう。

辺りは枯れススキが生い茂っていて闇が濃かったけれど、桐緒はすぐに、堀端の桟橋に舫ってある船首の尖った細長い舟の上に、ぎらりとした金色の細い目を見つけることができた。

「いた、いた。おいで、にゃんこ。もう大丈夫だよ」

何度か呼びかけてはみたけれど、神経質になっている白猫は決して舟から出て来ようとはしなかった。そればかりか、ニャーともニャンとも鳴いてくれない。

「そうだよね、怖い思いしたあとだもんね」

そういうことなら、としゃがみこんだ桐緒は、泥で汚れている桟橋に芝居茶屋で詰めてもらったお土産の折敷を広げて帰ることにした。

「本当は兄上のために持ち帰ったご馳走だけど、特別よ。お前にあげる」

中にはおいしそうなかまぼこや煮魚が入っていた。たまらず、桐緒のお腹がきゅるるると鳴る。

「あら、やだ。あたしったらはしたない」

ひとり照れ笑いを浮かべる桐緒は白猫に怪我がないことを祈りつつ、着物の裾についた泥汚れをパンパンと叩いて歩き出した。冷たい夜風が襟首をくすぐる。

顔を上げれば、東の空では、ちょうど満月が雲に隠れるところだった。

「そうか、今日は満月か……」

聞いたことがある、満月の夜は人を凶暴にさせるという話を。

月は元来、闇を支配する力だ。その光りを頭からつま先まで浴びているうちに、人は理性を失い、知らず知らずのうちに心を闇色に染められてしまうんだろうか……。

あの若旦那も、今宵の満月に惑わされてしまったひとりなのかもしれない。そう思うと、寒さがより一層身に染みるような気がした。

『月』とは、すなわち『憑き』。

そんな言葉が、木枯らしみたいに桐緒の頭の中を吹き抜けて行った。

一◎狐のいる家

時は徳河三百と一年——。

天守閣高く金のしゃちほこ輝くここ江都城城下町は、老いも若きも犬も歩けば太平にあたる世を今日も誰もが謳歌していた。

風祭桐緒は、江都城を遠く南西に臨む花のお江都は阿佐草シントリゴエ町のごく普通の剣術道場に生まれ、

「ほう、桐緒め。今朝もまぁ、よう寝とるわい」

裕福ではないけれどごく普通の幸せを噛み締めつつ、

「食い物の夢でも見ているのかのう、何を笑っておるのやら」

年ごろらしくおしゃれやおいしいものにごく普通に夢中になりながら、

「起こすのがあわれな気もするが、そこはそれ、情けは無用ぞ」

ごくごく普通の毎日を送っていた。

そう、半月ほど前の満月の夜に、かわいそうな白猫を助けるまでは。

した。

「ちょいと枕をいただきますよ、ホイサ！」

ここでガバリと枕を外されて、今朝も桐緒は右側頭部を布団にしたたか打ちつけて目を覚ました。

「アイタッ！　ちょっとぉ、また反枕の仕業⁉」

「おはようさん、桐緒」

「おはようじゃないわよ、毎朝毎朝やめてくんないっ⁉」

桐緒の枕を抱えて笑っているのは、おでこの異常に広い大きな頭を持つ二頭身の小さな老人だった。寝ている人の枕を外して足元に隠すのが商売という、趣味の悪い妖魔だ。

打ちつけた頭のせいなのか、朝日がまぶしいからなのか、桐緒は軽くめまいを起こした。

今朝は一昨日昨日と降り続いた小雪混じりの雨が嘘のような陽気だった。春眠暁を覚えず、とはよく言ったもので、こう麗らかな朝は眠気が勝る。

「せっかく両手にお江都名物の金のしゃちほこまんじゅう摑んでる夢見てたのよぉ、もう少し寝かせて。ってゆうか寝るから。夢の続き見て金しゃちまん食べなくちゃ。おやすみ」

ごそごそと布団の中に潜りこむ桐緒の頭の上の方で今度は、バタバタミシミシと何人、いや、何匹かが駆けずり回る足音がする。

「うるさい！　静かにしなさい、家鳴！」

桐緒が布団から手だけを出して畳を叩くと、一本角を生やした手の平ほどの小さな鬼が三匹、ウッシッシと白い歯を剝き出して笑った。

この小鬼たちの商売は、床や天井を踏み鳴らしては人がどきりとするような物音を立てるというもので、とっても騒々しい。桐緒をからかってちょこまかと走り回ったかと思うと、とっとと襖を駆け上って菩提樹の花が彫られた欄間を蹴り出す始末だ。

「知らないからね、家鳴。兄上は耳元で五人囃子が笛太鼓を奏でようが目を覚まさないからいいけど、紗那王は耳聡いんだからね。怒られるからね」

すると、反枕が広いおでこを節くれ立った指でぽりぽりと掻いて言う。

「はてさて、紗那王さまならとっくにお目覚めぞ」

「えっ、なんで!?　朝の苦手な紗那王が!?」

それはまずいと、桐緒は跳ね起きた。と同時に、庭に面した廊下からこちらへ向かって近付く雅やかな衣擦れの音を聞く。

「あ、この足音は」

兄とふたり暮らしのときは気づかなかったのだけれど、人にはどうも足音の違いがあるらしいということを最近覚えた。足捌きや上半身の動かし方次第で微妙に聞こえる音が違うのだ。たとえば、礼儀知らずの子供のように足音を立てて歩くのが兄だとすれば、こうして足音よりも衣擦れを響かせて歩くのは……。

雅やかな衣擦れが近づくにつれ、反枕は首をすくめてそそくさとどこぞに逃げ隠れ、家鳴たちも一斉に一本角を両手で隠しながら欄間から天井裏へ姿を消してしまった。

騒がしかった室内が、急に深い森の湖のように静まり返る。庭の雀たちでさえ囀ることを忘れてしまったのか、畏まっているようだった。

廊下をゆっくりと進む彼の人は、そういう何者をも従えてしまう不思議な力を秘している。

桐緒の耳にいよいよ衣擦れの音が大きく聞こえ、障子に手がかかった。

「起きているか、桐緒」

顔を覗かせたのは、足音から桐緒が予想をしていたとおりの人物。白妙の雪を流したような銀色の髪が艶めかしくも美しい、紗那王だった。

王朝風の見るからに高そうな衣服を纏う紗那王が部屋に一歩足を踏み入れた途端、室内にぴりりとした清涼な神気のようなものが満ちる。知らず、桐緒は背筋が伸びていた。

「おはよう、紗那王。朝が苦手のくせに今日はやけに早いじゃないの」

「佐保姫に起こされたのでな」

「は？　何姫？」

この化物屋敷、もとい、風祭道場にはまだ自分の知らない妖魔が住み憑いているのかと桐緒は首を傾げ、紗那王の柳の葉のような切れ長の目に見据えられていることに気づいた。

その不機嫌な顔ったらもう、普段からして無愛想な男だけれど、朝は輪をかけて愛想がない。

「な、何よ、その目。織姫ならあたしだって知ってるわよ」

季節外れの名前を挙げて胸を張る桐緒を、紗那王が鼻で笑ったような笑わないような。かと思えば、空のどこかで啼いた鶯につられたのか、この仏頂面の男は形のいい顎をついと庭先へ上向け、一言。

「咲いたな」

銀色の髪が朝日にきらめき、風になびく袖からは薫き込めた伽羅の香りがした。

「咲いた？」

「今日、春が来た」

つぶやく紗那王の視線を辿れば、その先には乳白色の花が手指を広げるようにやわらかく綻んでいた。芳香の強さがいかにも春らしい花だ。

「あぁ、辛夷の花ね」

「佐保姫は下界に春をもたらす姫君だ。早暁、わたしのとこへ挨拶に来た」

ここで不意打ちに見せられた流し目の笑顔に、桐緒は不覚にも頰を染めてしまった。

紗那王のこの美貌は、男のくせにズルイと思う。肌は白雲、くちびるは珊瑚、瞳はさやかな月影で睫毛は天女の羽衣からできている。かどうかは知らないけれど、たぶんそれに近い何かでできているに違いない。

この世のものとは到底思えない麗しさなのだ。

実際、紗那王はこの世のものではないのだけれど……。

「腹が減った。朝餉にしろ」

いつまでも見惚れている桐緒に、麗しの君が傲然と言い放った。

「なぁに、その偉そうなモノの頼み方」

「頼んでいるのではない、わたしは命じているのだ」

「だから、それを偉そうって言うのよ。なんであたしが命じられなくちゃいけないわけ？」

桐緒が見惚れてしまったことを軽く後悔しながら言い返すと、これはしたり、と紗那王は美しい面にやおら薄ら笑いを浮かべた。

「桐緒、命じられることが不服か？」

「だって、おかしくない？　あたしは憑き主なのよ、紗那王のご主人さまよ？　命じる立場にあるのは、このあたしでしょうが」

「そうなのか」

「え、違うの？」

「さて、どうであろうか」

言うなり、紗那王が色鮮やかな飾り糸の垂れる檜扇をぱらりと広げ、笑みのこぼれる口元をわざとらしく隠した。それがまた、ハッとするほど色っぽい仕草だから嫌になる。

「桐緒」

「な、何よ、別に見惚れてたわけじゃないんだからねっ」

「どうやらお前はまだ、己れの立場というものをよくわかっておらぬようだな」

檜扇越しにしかと桐緒を捉える紗那王の双眸に、じんわりと銀色の火が灯った。

（あ、この目！　まずいっ）

そう思ったときには遅かった。桐緒はビクンと身体を震わせ、そのままその場に縫い付けられたようになってしまった。銀色の目が放つ妖気に、身体の自由を奪われていたのだ。

動けない桐緒に、紗那王が内緒話でもするみたいにぐっと頬を近付ける。

「言ってみろ、桐緒。わたしは、誰だ？」

吐息が耳に届く距離で問いかけられ、桐緒は、かすれた声で答えるのが精一杯だった。

お狐さまです、と。

すると、紗那王がすかさず、

「九尾の、だ」

と、ぴしゃりと付け加える。

紗那王の正体はそう、九尾のお狐さまだ。

狐は古来から霊力や神通力といった妖力を持つ動物だと言われ、また憑き物として人に憑くことでも広く知られている。中でも特に強い妖力を持った霊狐だけがなれる天狐は、尾が九つに裂けていることから九尾の狐と呼ばれていた。

「桐緒、わたしを使役されるだけの下等な憑き物と同一視するな」

「我ら天狐は神獣ぞ。万象の叡智を得物に、憑き主に常しえの栄華をもたらす誇り高き一族」

長い睫毛の下で妖しくきらめく銀色の目を前にして、桐緒は諾々とうなずくことしかできなかった。

紗那王が憑き物の九尾の狐なのだとしたら、それに憑かれている憑き主たる桐緒は、そういう意味では紗那王の主人には違いない。本来ならば桐緒こそが命じる立場にあってもいいはずなのだけれど、相手が悪かった。

憑き主と憑き物の主従関係が、このふたりに関してはまるっきりあべこべなのだ。

「わたしに命じたいのであれば、桐緒、まずは憑き主としての器を示すがいい」

「器？　たとえばどんな」

「考えよ。それがわからぬような愚者の家ならば長居は無用、運と財を持って立ち去るまで」

「運と財⁉　それは困るよ！」

叫んだ拍子に、桐緒の身体が自由になった。高飛車狐に出て行かれるのは一向に構わないけれど、運と財を持ち逃げされるのだけは本気で困ると思った。

「ならば、わたしを飼い慣らせるようにせいぜい精進することだな」

水仕事なんかしたことがないに決まっている白く美しい指先を桐緒の頬につつっと這わせる紗那王は、得意満面の笑みを浮かべていた。

「……わかってるわよ」

精進さえしていれば、いつかこの気位の高い狐は自分の言うことを聞いてくれるようになるんだろうか。そんな日が本当に来るんだろうか。

何をどう精進するべきなのか、今の桐緒にはまだよくわからない。

「なぁ、桐緒。飼い慣らされた狐は憑き主の栄華のためとあらば何でもするぞ。金も銀も死屍であろうとも、累々と築いてやる。盗みも殺しも、思いのままに」

「やめて、紗那王！　盗みと殺しだけは絶対にしちゃダメだからね！」

聞き捨てならない言葉に、桐緒は険しい顔で銀色に光る目を睨み返した。

「それは、憑き主として命じているつもりか？」

「違う、約束して欲しいだけ」

「栄華が欲しくはないのか？」

「そりゃ欲しいわよ。だけど、そういうものって自分の手で摑み取るものでしょ？　他人から与えられるものじゃない」

確かに今の風祭道場は、決して裕福ではない。つい先日、太平の世に剣術は無用と悟った最後のひとりの門人がとうとう辞めてしまって、正直、来月からどう生計を立てていけばいいのかわからないところまで懐事情は冷えこんでいる。

それでも、欲しかった紅や簪を買うのを我慢してでも、桐緒は人の情けに甘んじたくはないと思っている。情けは人にかけるものであって、自分で縋るものではないのだ。

　武家が守るべき暖簾。それは何も刀とか剣術だけのことではなく、誇りや意地といったものにもあるはず。それを兄に言うと、ただのやせ我慢と笑われるだけなのだけれど。

「つまらんな。欲のない」

「紗那王、人を呪わば穴二つだよ。盗みと殺しはしちゃダメだからね、絶対に」

「……肝に銘じておこう」

　わかっているのかいないのか、このとき、紗那王はひどく興ざめしたように音を立てて檜扇を閉じた。

　かと思いきや、

「では、桐緒。金子がいらないというのであれば、別のものをくれてやってもよいぞ」

「別のもの？」

　あぁ、と色気たっぷりに桐緒を流し見た紗那王が、何やらいたずらめいた顔になる。

「どうだ、快楽は欲しくはないか」

「え？　うえぇっ⁉」

　なんでお金の話がこうなるのか、桐緒の身体は、すらりと背の高い紗那王の胸の中にすっぽりと抱きこまれていた。

「離せ、バカァ！　せくはら狐ぇ！」

「春は繁殖期なのでな」

「いやぁ、ナニそれっっっ」

「なぜ抗うか。女はみな、わたしにこうされると悦ぶものなのだが」

「あんた今までどんな人生送って来たのよ!?」

狐なのだから狐生と言うべきか、なんてことはこの際どうでもいい。桐緒が必死に暴れて抵抗していると、

「うぉーい、桐緒ぉ。腹が減ったぞぉ」

と、不幸中の幸いにも、庭に面した廊下から兄の鷹一郎の声が届く。

「兄上!? よかった、助けてくださぁい!」

「あン? 助けろだぁ?」

暢気な声がして、懐手でお腹を掻く鷹一郎がひょいと眠たげな顔を覗かせた。

剣術道場の道場主には見えない、やさしそうな面立ちの男だ。その顔を見たとき、桐緒は寝癖の付いた兄の頭に後光を見た気がした。助かったと思った。

が。

「ややっ!? こりゃすまん、紗那王! お楽しみの最中だったたんだな!」

「ええっ!」

桐緒の意に反して、ふたりの姿を見た鷹一郎がわざとらしく両手で顔を覆ったものだから驚いた。それも指は十本とも開いたまま、その隙間から、ニヤニヤ笑って桐緒と紗那王を覗

き見ているのだ。

「兄上⁉　かわいい妹が襲われているのを見てその顔は何か間違ってないですか⁉」

「何を言うか、妹よ。色気もへったくれもないお前が襲ってもらえるだけありがたく思え」

「ええっ！」

回れ右をした兄は、去り際、剣術で鍛えた広い肩越しに紗那王へ片目を瞑ってみせていた。

「鷹一郎は面白い男だな」

くっくっくっ、と紗那王がさもおかしそうに笑う。その笑いに、どうやら自分はからかわれているらしいということを、桐緒はようやくに悟った。

「紗那王さま。お戯れはその辺でよろしいでしょう」

いつまでも愉快がっている紗那王を窘めたのは、瓦屋根の上で丸まっている白猫だった。

「化丸か」

「はい、紗那王さま」

白猫は飛び降りながら煙に消えると、着地と同時に、吊り目がいかにも生意気そうな童形水干を着こんだ男の子に身を変じた。右の襟元からは赤い結紐が長く垂れていて、それがゆらゆらと揺れている。

紗那王の小姓の、化猫の化丸だ。

「紗那王さま、悪食もほどほどになさいませ。桐緒のようなさもしい女を抱いては、股間に関わりますよ」

「化丸、それを言うならば『沽券』であろう」

「どちらでも同じでございます」

いやそれ全然違うからっ、と突っ込む桐緒を無視して、化丸が紗那王の袖を引き寄せた。

「さぁさぁ、紗那王さま、どうぞこちらへ。桐緒なんぞに長く触れていては、その白魚のような指がただれて腐ってキノコが生えてしまいますよ」

「化丸、あんたつまんない人語ばっか覚えてんじゃないわよ！」

「やかましい、男女！　色仕掛けで紗那王さまをどうこうしようなんて百万年早いわ！」

「それはあたしの台詞！　どうこうされそうになったのはこっちよ！」

「フン、襲ってもらえるだけありがたく思え」

「ひどい、化丸までっ」

化丸は剝き玉子みたいにすべすべなほっぺを、ぷぅと膨らませていた。

この子供が半月前に桐緒が助けた白猫だなんて、一体、誰が信じてくれるだろう。

あの満月の夜以来、桐緒の暮らしは毎日がお祭り騒ぎのようだった。それを言うと化丸曰く、

「毎日が葬式よりいいだろうが。紗那王さまに伏して感謝しろ」

ということになるのだけれど――。

山谷堀で白猫を助けた翌日、桐緒はいつものように兄と道場で木刀を合わせていると、銀色の髪をした恐ろしく美形な男が、生意気そうな男の子をひとり連れてどこからともなく現れた。

男は小憎たらしい顔でじろじろと自分を見上げている童形水干姿の男の子を指差して、これが昨夜の白猫だと言ったのだ。

『この白猫は、わたしの小姓で名を化丸と言う』

『え？　誰が白猫ですって？』

そこには男の子しかいなかった。

『狐は恩を忘れぬ。白猫を助けてくれた礼に、お前に憑いてやろう』

『は？　狐？　え、これ、新手の押し込み強盗かなんかですか？』

『案ずることはない。これよりお前は狐憑きとなるのだ、この風祭の家も運が向くであろう』

白猫、狐、狐憑き。

桐緒は正直、そのときは夢の住人が来たのかと思った。春だし、季節の移り目はそういう、ちょっぴり頭の中がお花畑になってしまう人が多いというし。

所作や身なりからして男はかなりのお屋敷の若さまに見えるけれど、心を病んでいるなんてかわいそうだと思った。顔だってこんなに美しいのに、あんまりにも不憫だと思った。

ところが、それを嘲笑うように男の子がくるんと白猫に変じたのは、ちっちゃな手の平に金のしゃちほこまんじゅうを握らせて追い返そうとしたときのこと。無礼者っ、とかなんとか言われて、桐緒は確か手の甲を引っかかれたような。

『化猫を見るのは初めてか？』

腰を抜かした桐緒に、男は不思議そうに首を傾げていた。

『当たり前でしょう！　普通に生きていれば化猫なんて一生見ることなんてありません！』

『わたしがこの家に憑いたからには、これよりはさまざまな妖魔を見ることになるぞ』

迷惑だ。あの瞬間、桐緒は心の底からそう思った。結構ですからどうぞお引き取りください、そう言おうとしたのだ。

なのに、こういうときに横からいらぬ口を挟むのは、いつも兄だ。

『桐緒、立ち話もなんだから上がってもらえば？　お茶でも出して……って、あ、お狐さんってことなら油揚げの方がいいかな』

そのときのことを思い出したら、桐緒の肩ががっくりと落ちた。さっき助けを求めたときの顔といい、紗那王が初めてやって来た日の顔といい、兄はどんなときでもいつだって糠に釘の性格なのだ。

「桐緒、飯にしろ」

頭を抱えている桐緒に、紗那王が命じる。桐緒はもう、逆らう気力もなかった。

あの日、くるんと白猫になった男の子が化丸で、化丸を連れた男こそ。

『わたしは九尾の狐の紗那王。今日より、お前の家に住み憑いてやる』

気位の高い天狐を追い祓うことなど、ちっぽけな人でしかない桐緒にできるはずもなかった。

紗那王とのあべこべの主従関係は、こうして始まったのだった。


「あさりー、エ、しじみー」

顔を洗って買い出しに出ると、朝餉の仕度どきということもあり、江都五街道のひとつである北奥街道へと繋がる大通りは天秤棒を担いだ物売りたちの声で、賑やかに埋め尽くされていた。

風祭道場は大通りからは一本東側に入ったところにあり、さらに数本東へ入ればそこは蕩々とたゆたう澄田川という立地だ。

大通りの西側はと言えば、町屋を通り抜けた先に広がるのは、春を待つ茶色い田んぼ。この辺りはもう江都の外れになるので、田畑やお寺がとても多く、町屋もそれほど密集してはいないので、暮らすには静かでいい場所だった。

「おじさん、大根ちょうだい」

桐緒が泥のついた青物を山にしている蔬菜売りに声をかけると、

「ゲーッ、また大根の味噌汁かよー。もっといいモン食わせろー」

と、化丸がくちびるを尖らせた。こういうときの化丸は、歳相応のただの駄々っ子だ。

「イヤなら食べなくていいのよ、こっちは食い扶持がふたりも増えてカツカツなんだから。タダ飯食べさせてもらえるだけありがたく思いなさいな」

「タダ飯とは無礼な！」

蔬菜売りの手前、それ以上は口を噤んだ化丸だったけれど、歩き出すと、巻き戻したようにまた噛みついて来た。

「おい、桐緒！　紗那王さまは栄華をもたらす天狐だということを忘れるな！」

「栄華どころか、あたしはまだ粟粒ひとつもたらされてませんけどね」

桐緒はここぞとばかりに嫌味をこめて言ってみた。別に栄華が欲しいわけではないけれど、紗那王が居憑いたことで門人が増えたらいいな、という淡い期待がなかったわけじゃない。

「なのに、ウチに増えたのは妖魔だけよ」

「それは、お前が憑き主として認められていないからだろう。自分の不徳を紗那王さまのせいにするな」

「お礼に憑いてやるって言い出したのは紗那王じゃないの。それなのになんなのよ、あんたたちのその偉そうな態度」

「偉そう、ではなく、紗那王さまは事実偉いのだ！　何しろ、荼枳尼天さまの親王さまであらせられるのだからな！」

化丸が、まるで自分のことのように誇らしげに胸を反らせた。紗那王がやって来て以来、このやり取りを、桐緒はもう何度したかわからない。

茶枳尼天と言えば稲荷の本地であり、稲荷信仰の祭神だ。紗那王がありがたいお狐さまらしいということは、桐緒にもなんとなく理解はできている。

ただ、それ以上に理解できない部分の方が大きいのだ。

「紗那王さまのような九尾の狐に憑いていただけたこと、お前はもっと感謝するべきなんだぞ」

「それよくわかんないなぁ。あたしは狐なんかに憑かれたら、加持祈禱で祓ってもらうものだと思ってたけど？」

狐に憑かれた人間、つまり狐憑きは自分の狐を飼い慣らすことで、富と栄誉を得ることができると言われている。

ただし、その反面、狐憑きの家は不吉な家とされ、知られれば隣近所からは忌み嫌われることになるのもまた事実なのだ。世の中の狐に対する評価というのは、とても矛盾している。

「それに、九尾の狐って言ったら悪い狐の代名詞みたいなもんじゃない。その昔、絶世の美女に化けて上皇を殺そうとした金毛九尾の狐がいたのよ。あたし、仲村座でそういうお芝居観たことあるもの」

その名は玉藻前。元は大陸で一国を滅ぼすほどの悪さをしていた狐が、本朝にやって来て、若く美しい女に化け、時の権力者である鳥羽上皇に仕える。

ところが、玉藻前を寵愛すればするほど、上皇が謎の病に苦しむようになったのはどうしてか。すわ妖怪の仕業かと陰陽師を呼んでみたところ、果たして美女は狐の姿を現して、宮中から逃げ出したそうだ。

「玉藻前は最後は八万の兵によって射殺されてしまうんだけど、息絶えると同時に石に姿を変えたらしいの。その石っていうのがひどくてね、周りの草木や生き物をすべて殺してしまう殺生石なんだって。すさまじい執念よねぇ」

物語や落語では、狐はいつも悪者扱いだ。

「馬鹿馬鹿しい、お前ら人族は狐を誤解してるんだよ。ましてや、九尾の狐が悪い狐の代名詞だ？　ヘソで茶が沸くな」

「悪さなんかするはずないってこと？」

「それは人族次第なんじゃないのか。憑き主が悪事を命じれば、下級の狐ならそれに従うかもしれない。けど、誇り高い天狐は別だ。命じられても意に沿わなければ動かない」

化丸は言う。九尾の狐の力は絶対なのだと。どこの誰に憑くかによって国ひとつが興り、滅ぶこともある。

だからこそ、その力で栄華を手にした者たちは、狐を我がものにするためにその存在をひた隠す。狐は恐ろしい、狐憑きは忌まわしい、そう触れ回ってさえいれば誰も狐を欲しがらない。

「だいたい、狐がそんなに悪者なら、なんでこの江都のいたるところに稲荷神社があるんだよ。人族ってのはほんとに都合のいい生き物だな」

「言われてみればそうね、江都ってなんでこんなにお稲荷さん多いんだろう」

狭い小路のどんつきや四辻のそこここ、あるいは武家や商家の庭先にも、赤い祠の稲荷を探そうと思えばいくらでも見つけることができる。

「ねぇ、荼枳尼天の親王ってことはさ、紗那王って神さまってことになるわけ？」

「天狐は神獣だよ。荼枳尼天さまは狐の大王だ」

ふぅん、と相槌を打ってはみたけれど、桐緒は聞けば聞くほど狐がどういうものなのかわからなくなっていた。

「あのさ、紗那王ってウチに来る前はどこに憑いてたの？　あんた助けたお礼だなんだって言ってるけど、本当は前の家を追い祓われただけなんじゃないの？　あれだけ高飛車じゃねぇ」

「お前はほんっとに言うこと為すこと無礼だな。紗那王さまはご自分のご意思で柳羽を見限ったんだぞ」

「柳羽？　……え、それって、まさか将軍家御指南役のこと⁉」

化丸の口から出た家名に、桐緒は手にしていた食材を落としそうになるほど驚いた。

「紗那王さまはとても聡明であられるのだが、稀に物好きの虫が騒ぐことがあっていけない。こんな男女、柳羽を捨ててまで憑くような器ではないのにな」

「ってことはナニ、柳羽家の御指南役の栄華は紗那王の恩恵？」

「柳羽だけじゃないさ、この江都で立身出世しているヤツらのほとんどが狐憑きだよ。まぁ、狐にも格があるから、大した妖力のないぺーぺーに憑かれてもたかが知れてるけどな」

「うわぁ」

この驚きとため息の入り混じった一声に、前を歩く職人風の男が怪訝そうに振り返るので、桐緒は慌てて口を噤んでうつむいた。

狐の、というより紗那王の神通力がどれほど強大なものなのか、桐緒は今やっと十あるうちの一か二ぐらいは理解したような気がする。

「桐緒、心してかかれよ。紗那王さまは手強いからな、柳羽も飼い慣らせずに苦労してたさ」

「こちとら江都っ子よ、狐だろうが金魚だろうが飼い慣らしてみせるわよ」

「バカタレ、金魚と天狐を一緒にするなっ」

「憑き主をナメんなよ！」

負けず嫌いな桐緒は拳を空に突き上げていた。売られたケンカは高く買う、それが桐緒の武士道（？）なのだ。

「あっ」

買い物を済ませて道場へ戻ろうとしたところで、桐緒が口元に手を運んだ。

「どうした、なんか買い忘れか？」

「化丸、悪いけど先に帰っててくれる？　はい、この大根持って」

「はぁ!?　なんでオレさまがお前の荷物持ちなんか！」

「いいから！　ついでに、その大根の皮剝いて下ごしらえもしといて！」

化丸の手に食材を無理やり持たせると、桐緒は通りを道場とは逆方向へ向かって小鹿のように軽やかに駆け出した。

両手いっぱいに荷物を抱えて、まっすぐこちらに向かってやって来る背の高い華奢な男がいたのだ。朝の買い物客で人は多かったけれど、桐緒があの人の顔を見間違えるはずはない。

「藤真さま、藤真さまぁ！」

「やぁ、桐緒ちゃん！」

派手ではないけれどよく糊の効いた上品な着物を着こんだ沢木藤真だった。桐緒に気付いて小走りになり、抱えた一番上の桜色の風呂敷包みを落としそうになっていた。

「大丈夫ですか、藤真さま。すっごい荷物ですね」

「いいとこで桐緒ちゃんに会えたよ。これから道場に顔出そうと思ってたんだ」

「それじゃあ、今日は久しぶりに一緒に朝ご飯食べられますね！」

「それがさ、ゆっくりもできないんだよね。すぐに太田さまのとこへ行かなければならないんだ。最近、剣術指南以外にも何かとお手伝いする機会に恵まれていてさ」

「お仕事ですかぁ、なんだぁ」

近ごろ、藤真はお役目が忙しいようで、なかなか風祭道場に顔を見せてくれない。桐緒はそれが少し不満だった。

思わず本音をこぼしてしまった桐緒を見て、藤真が困った顔をする。桐緒は藤真のこんな顔を見たかったわけではないので、慌てて笑顔を作った。

「あの、でも、ご老中さまのご信頼が篤いなんて、さすがは藤真さまですよね。風祭道場の出世頭だもの、あたし、応援してます」

「はは、そう言ってくれるのは桐緒ちゃんだけだよ」

藤真は笑うと目が無くなる。垂れ気味の目元のせいか、どことなく幼い印象があるけれど、歳は鷹一郎と同じ、桐緒の六つ上の二十二だ。

桐緒の亡き父が健在だったころからの風祭道場の門人で、桐緒にとってはもうひとりの兄みたいな、大切な人。

今は、時のご老中太田さまお抱えの剣術指南として、三日に一回、宵ツ谷コウジ町中屋敷まで風祭道場にほど近い阿佐草の住まいから剣を教えに通っている。

「今日立ち寄ろうと思ったのはさ、これを桐緒ちゃんに渡そうと思ったからなんだよね」

そう言って、藤真は両手で抱えこんでいる荷物のうち、先ほど落としそうになっていた桜色の風呂敷包みを桐緒に差し出した。

「あたしにですか？」

「うん、開けてみて」

結び目を解くと、中身は異国の船が運んでくる日ノ本では産出しない種類の宝石を繋げた赤い首飾りだった。

「わぁ、ステキ！」

「きれいな石でしょ。この前、太田さまのご用で横波間へ行ったときに見つけたんだ。どう、気に入ってくれた？」

「はぁ、でもこれ……」

「ちょっと派手だったかな？　赤は、桐緒ちゃんに似合う色だと思ったんだけど」

「いえ、すごく気に入ったんですけど、そのぅ、舶来の石なんて……高そうで」

江都では昨今、異国に対しての排他的な軍事力の強化よりも、異国と盛んに貿易することで経済力をたくましくし、国益を図る政策がとられている。

そのため、市中にはたくさんの舶来品が出回るようになっているのだけれど、そのほとんどが贅沢品で桐緒の目が飛び出るほどの値段がした。

「高いかどうかなんて関係ないよ、桐緒ちゃんが気に入ってくれるかどうかなんだから」

藤真の笑顔は、まるで木漏れ日のように温かい。そして、この笑顔の人はいつも、桐緒のためにたくさんのきれいなものやかわいらしいものを持って来てくれた。

「ありがとう、藤真さま。大事にしますね」

会えない間も自分のことを考えて用意してくれていたのだと思うと、うれしさに桐緒は頰を緩めた。

その反面、藤真がくれるものや身に着けているものはいつもどれも高そうで、桐緒を少し戸惑わせる。ご老中お抱えともなれば実入りがいい。それはわかるのだけれど、藤真が遠い人になってしまったような、置いていかれてしまったような複雑な気持ちになるのはなぜだろう。

「あとね、これは前に桐緒ちゃんが欲しいって言ってた珊瑚の耳飾りと、春の新作口紅なんだけど、それからこっちは……」

藤真の抱えていた荷物からは、まだまだ贈り物が出て来た。

「待って、待って、藤真さま！　そんなにたくさんもらっていいんですか⁉」

「うん、だって桐緒ちゃんに喜んでもらおうと思って買っておいたものだもの。遠慮なんて他人行儀なことやめてよね」

藤真が桐緒の手に預けた贈り物の山は、見た目よりもずしりと重かった。

「あの、藤真さま。あたしは藤真さまに会えれば、それだけで羽が生えたみたいに幸せになれるんです。だからその、手ぶらでいいんでもっと道場にお顔を見せてください」

「そうだね、ここのところご無沙汰だったもんね。ごめんね」

藤真がまた困った顔をする。桐緒はこの顔に弱い、笑顔が好きなのだ。

「えっと、藤真さま。お礼に今度、何かおいしいもの作りますから。ね。遊びにきてくださいね。あたし、縫い物もします。藤真さまのためならなんだってしますから」

「うん。いいお嫁さんになるね、桐緒ちゃんは」

「はい！　あたし、きっといい奥さんになってみせますから！」

照れ笑いを浮かべ合うふたりの横を、魚売りがゆっくりと通り過ぎて行った。

それから二言三言の言葉を交わしただけで、藤真は仕事に向かうために慌しく来た道を戻って行った。その小さくなる背中を、桐緒はいつまでも夢見心地に見送っていた。

そんな甘やかな気持ちを掻き消したのは、化丸の冷ややかな声だった。

「やいやい、男女。何者だ、今の優男は」

「ウゲッ、化丸⁉　いつからそこに⁉」

うろたえる桐緒の脇腹を大根で突きながら、化丸が顎で通りをしゃくってみせる。

「今のヤロウ、お前の男か？」

「子供がそぉゆぅませたこと言うんじゃありませんっ」

「お前も見る目がないよなぁ。あんなのより紗那王さまの方がぶっちぎりでイイ男じゃないか」

「藤真さまだって充分いい男よ！」

ムキになった桐緒を、化丸がぎろりと睨み上げた。

「あのな、桐緒。お前がなんでもしますと誓いを立てなければならないのは、紗那王さまただお独りだ。あんな男に身を尽くしたところで、ぺんぺん草ほどの得にもならないんだよ」

「得とか損とか、そういう言い方やめてよね」

「忠告しておく、お前には紗那王さまが憑いているということを忘れるな」

そう言って聞かん気そうな顔でそっぽ向く化丸の目は、ぎらりとした妖しい猫の目になっていた。

（まいったなぁ、まずいとこを見られちゃったな）

あまり紗那王と化丸に、弱みになるようなことは知られたくはなかった。

と、同時に桐緒が思ったことは、自分が狐憑きだということを藤真にだけは知られたくはないということだった。

憑き物は女系に憑いてまわるという。ということは、この先、桐緒の嫁ぎ先にまで紗那王は憑いて来ることになるんだろうか。だとしたら、

（それはちょっと……）

嫌だな、と桐緒は思った。

「ねえ、化丸。お願い、藤真さまのこと紗那王には内緒にしておいて」

「なんで内緒にする必要があるんだよ」

「特別に化丸のご飯にだけかつお節かけてあげるから。そうだ、ししゃもも焼いてあげる」

「モノで釣ろうなんて卑怯だぞ！」

そう言った化丸のお腹が、ぐうぅと鳴った。

同じ日、風祭道場にちょっとした事件が起きた。

「おい、桐緒。さっきから門前に妙なのがいるぞ」

と、童形姿の化丸が自室で着物に春らしい〝れぇす〟を縫い付けている桐緒を呼びにやって来たのだ。ちなみに化丸はこの朝、かつお節をまぶしたご飯をしっかり三杯もたいらげていた。

「妙なの？」

道場破りでも来たのかと針山に針を刺して慌てて玄関に出てみると、確かに門前をうろうろしている妙なのがいた。向かいの荒物屋にかかる紺暖簾の脇に積み上げられた天水桶のそばに立ち、じっとこちらを窺っている様子。

それは女の人だった。

「知り合いか？」

「うーん、この辺じゃ見たことない人だけど」

品のいい美人だった。身なりからして武家ではなく商家、それもとても裕福な大店に暮らす人に思えた。汗臭くて貧乏臭い、というか事実、貧乏な風祭道場とは、北と南ぐらい接点のない人に見えるのだけれど、……まさか。

「化丸、化丸、ちょっとこっち隠れて」

「なんで？」

「あのね、あの人ね、もしかして借金取りかもしれない」

桐緒は抜き足差し足で、門柱の影に化丸を引っ張りこんだ。

「聞いたことあるのよ。借金を返さない家へ美人をやって、泣き落としで返済を求める取立て屋がいるって」

「おいおい、お前ら兄妹は『ご利用は積極的に』って言葉知らないのか」

「化丸、あんたもう少し人の言葉を勉強しなさいね」

そこは『計画的』だと教えてあげると、同じことだ、と化丸は開き直った。

「借金なんかしやがって、紗那王さまが知ったらお嘆きになるぞ」

「あたしはした覚えないけど、兄上が高利貸しから借りてたのかもしれない。兄上ってね、骨董という名のガラクタ集める趣味があるのよ」

そうでも考えなければ、あんな美人がやって来るはずないように思えた。

「あのう、こちらの道場の方でしょうか」

隠れていたつもりがふたりの姿は丸見えだったようで、さっそく声をかけられてしまった。

振り向く一瞬で、桐緒はいろいろなことを考えた。

（どうしよう、悪い人には見えないけど……）

この世の事件はたいてい、悪い人には見えなかったけどねぇ、という人が悪い人だったりする。この人が極悪非道な借金取りだった場合、どうすればいいのか……。

考えあぐねる桐緒の袖を、化丸が無邪気にくいくいと引っ張った。

「桐緒。借金というのは返せない場合、どうなるんだ？」

「決まってんじゃないのよ、あたし、苦界に売られちゃうのよ」

「クガイ？」

「遊女屋に売られてカラダでお金を稼ぐことになるの！」

「ええ!?　着てるものだけふりふりなくせしやがって、中身は胸も色気もない男女に売るほどのカラダがあるのか!?」

「失礼ね！　そんなのやってみなきゃわかんないじゃないのよ！」

「やってみたいのかよっ！」

美人を無視して斜め上方向に話がズレて行くふたりを止めたのは、やってみたいのならばやればよいが、と吐き捨てるしかめっ面の紗那王だった。

「やかましい。お前たちはどうしてそう無駄に騒々しいのだ」

「紗那王！　あたし絶対にイヤよ、遊女屋なんか！　死んでもイヤ！」

「紗那王さま、ご慈悲は無用にございますよ。この際、この男女には潔く死んでもらったらどうでしょう？　どうせ遊女になっても金なんぞ稼げる胸ではありませんから」

左から桐緒、右から化丸に言い立てられ、紗那王がうるさそうに眉をひそめた。

「……化丸」

「はい、ただいま！　この男女を井戸に沈めるための漬物石を探してまいります！」

「少し黙れ」

睨まれた化丸が、ニャーと慌てて口元を押さえるのを見て、桐緒も同じように両手を口に運んで黙り込んだ。紗那王を怒らせては、助けてもらえるものももらえなくなる。

紗那王はそんな桐緒を冷ややかに一瞥しただけで、すぐに視線を美人に合わせた。

「女、話ならわたしが聞こう」

「はい、あの……、恐れ多いことにございます」

「お前が欲しいものは、金子などではないのであろう？」

「えっ。あなた、借金取りじゃないの？」

口を挟むとすぐに化丸に小突かれたので、桐緒は再び口元を押さえて黙りこんだ。

美人は長いこと帯に置いた白い両手を蝶々のように震わせて迷っているようだったけれど、

紗那王の無言の圧力に根負けしたのか、ほどなくして丁寧に頭を下げて寄越した。

「実はお声をおかけしましたのは……、こちらの道場に入門させていただきたく思いまして」

「入門!?　あなたが!?」

桐緒と化丸は顔を見合わせて驚いたものだけれど、紗那王は変わらず無表情だった。まるで美人がそう言い出すのを知っていたかのように冷静で。

「剣術を、覚えてどうする？」

「はい、……仇討ちをいたしとうございます」

「仇討ち!?」

紗那王と美人のやりとりに、桐緒はただただ裏返った声を上げるばかりだった。

* * *

庭に面した陽当たりのいい客間で、桐緒の兄である鷹一郎は床の間を背にして、腕を組んで美人の話を聞いていた。

「お話はよくわかりました。お千代さんは妹さんの仇討ちをしたいがために、剣術を習いたい。つまりは、そういうことですね？」

鷹一郎がそう念を押すと、千代と名乗った美人は、思い詰めたように頭を垂れた。

突然の来訪客は、閑古鳥鳴く風祭道場に、思いがけない春の嵐を運んでくれることになった。千代はなんでも、去年の春に不慮の死を遂げた妹の仇討ちがしたいらしいのだ。

「では、もう少し詳しく妹さんのことを教えてもらえますか。その不慮の死というのはどんなものだったんでしょう？」

「……すみません」

「……すみません」

「辻斬りですか、押し込みですか？」

「下手人の目星はついているんですか？」

「……すみません」

三度拒絶された鷹一郎が、ふーむ、とため息をついた。具体的な話をしようとすると、千代はすみませんと細い首を横に振るばかりで、埒があかないのだ。仇討ちをしたい、という言葉を発する以外は、貝のように口が堅い。

「兄上、いいじゃないですか。ここはひとつ、何も聞かずにお千代さんの入門を許しましょうよ。あたしがしっかり教えますから、ね」

鷹一郎の向かいで千代と並んで話を聞いていた桐緒は、細腕ながら剣を覚えて仇討ちをしようとする千代の見上げた心根に、すっかり感動してしまっていた。これぞ武士道と、道場を挙げて応援したいと思った。

ところが。

「せっかちだねぇ、お前は。まぁ、待ちなさいよ」

と、両手でジジむさく湯呑みを包みこむ鷹一郎が、逸る桐緒の出鼻を挫く。

「仇討ちは武家にだけ許される慣わしだよ。お前だって知らないわけじゃないだろう」

「あ……」

(そうだった)

物語や芝居でお馴染みの仇討ちだけれど、それを成し遂げるためには実はいろいろと面倒な事務手続きが必要だった。まずは、何を置いても『仇討免状』なるものを持っていないといけない。これは町奉行などから、仇討ちをするだけの大儀があると認められた場合にのみ発行されるもので、仇討ちの名の下に行われた殺人ならばお咎めなしを約束するものだ。

逆に言えば、これを持たない仇討ちはただの私闘に過ぎず、お縄になってしまう。

「失礼ですけど、お千代さんは武家の出ではありませんよね？　だとすると、困りましたね、仇討免状が出ないんですよね」

つまり、千代は目の前にもし敵が背中を見せて座っていたとしても、それを袈裟に斬り捨てることは許されないということだ。

「下手をすると、お千代さん、あなた獄門ですよ」

「わたくしの命など惜しくはありません、それで本懐を遂げられるのならば」

きっぱりと言いきられて、ふーむ、と鷹一郎がまたため息をついた。

氷の中の炎を思わせる動かしがたい決意が、千代の引き結んだくちびるからも、伸ばした背筋からも痛いぐらいに伝わって来た。

しばし重たい沈黙が続き、

「なぁ、こういうとき紗那王ならどうするよ？」

と、鷹一郎が話の接穂を隣で退屈そうにしている紗那王に振った。あまり人前に出ることを好まない紗那王が、このように他人と同席していることは珍しいことだ。

「どう、というと？」

檜扇を手の平にぱしりぱしりと打ちつけながら紗那王が訊き返す。

「だからさ、この人の仇討ちに一肌脱ぐべきかどうか」

「これは異なことを訊く」

なぜか、紗那王は含み笑いを浮かべて千代を見ていた。後ろに控えている化丸までもが、感じ悪く笑っている。千代はふたりの視線に晒され、とても居心地が悪そうだった。

（紗那王のヤツっ）

桐緒は目配せで不躾な狐と猫をたしなめた。この仇討ち話のどこをどう笑えるというのか、気が知れない。

すると、この桐緒の噛み付きそうな目に負けたか、紗那王がやおら立ち上がった。

「邪魔(じゃま)したようだな。わたしのような者がいては千代(ちよ)も話しづらかろう」

「いえ、邪魔だなどということは決して」

部屋(へや)を出て行こうとする紗那王(しゃなおう)を引き止めたのは、笑われていた当人の千代だった。

「行くぞ、化丸(ばけまる)」

このとき。紗那王が衣擦(きぬず)れの音も雅(みやび)やかに千代の横を通り過ぎたとき。

(ん？　今なんか……)

一瞬(いっしゅん)、桐緒(きりお)の目には、見上げ見下ろすふたりが視線(しせん)を絡(から)ませたように見えた。

「あーぁ、行っちゃったよ」

鷹一郎(よういちろう)の一声が、気まずい空気を打ち破る。千代は紗那王と化丸が去った廊下を、いつまでも石仏(せきぶつ)のようになって見つめていた。

「すみませんね、お千代さん。あんな男ですけど、愛想が悪い分、顔はいいですから」

「兄上、顔がいいは余計です」

意味のないことを言うな、と桐緒に睨(にら)みつけられて、鷹一郎は咳払(せきばら)いをした。

「紹介しておくと、あの紗那王という男はオレたちの……そうだな、従兄弟(いとこ)なんですよ」

さすがの鷹一郎も、我が家に住(す)み憑(つ)いている銀毛九尾(ぎんもうきゅうび)の狐(きつね)なんですよ、とまで能天気な紹介はできないと判断したようで、ここはうまいこと機転(きてん)を利かせていた。

「顔が似てるでしょ、オレも紗那王もとびっきりの色男なところが」

「兄上」

似てるわけがない。せっかく利かせた機転が台無しだと、桐緒は鷹一郎を再び睨みつけた。

「……えーっと、コホン。話を元に戻そうかね」

「あ、はい」

千代はまだ、紗那王が去った先を気にしているようだった。

その千代に、鷹一郎がよく通る声でやさしく語りかける。

「お千代さんもご存知のように、今、この江戸は徳河の世が三百と一年続いています。三百年、戦がないわけです」

いきなり、江都の講釈だった。千代が戸惑ったように鷹一郎を見ている。

「これほど長い太平の世が続いているのも、一重に公方さまのご威光なのでしょう。ありがたいことですね」

「はい……」

「太平の世に剣術など必要ありません。戦がないんですから、剣の腕を磨いても意味がないわけですよ。近ごろの武士は汗臭い剣術よりも、お茶にお能に俳句に絵画、とにかく教養を身に付けることに必死です。腰に竹光を差して歩くことを恥とも思わない」

嘆かわしいことです、と鷹一郎はここで一旦言葉を区切ってお茶をすする。

「そんなわけでして、お恥ずかしながら、当風祭道場も今は門人がひとりもいません。オレと桐緒の男ふたり、まぁ、気ままな剣客商売といったところでしょうか」

「兄上、あたしは女ですが」

「そうでした」

桐緒の冷ややかな突っ込みに、鷹一郎が首をすくめて続ける。

「えー、それで何を言いたいかというとですね、お千代さん、仇討ちは仕損じては話になりません。必殺の剣法を学んでもらうためにも、このむさ苦しい道場に住みこんで修行してもらいたいんですが、それでもいいですか？」

「えっ!? 兄上はお千代さんに仇討ちをさせるつもりですか！」

桐緒は兄の申し出に、耳を疑った。

「なんだよ、桐緒。お前だって最初はそのつもりだったじゃないか」

「だけど！　免状のない仇討ちではお千代さんが……」

殺しの罪で裁かれることになる。それではあまりにも痛ましい。

言い合う桐緒と鷹一郎に向かって、千代がすっと畳に両手をついて頭を下げた。

「住みこみで構いません。ありがとうございます、よろしくお願いいたします」

「はい、よろしく」

「兄上！」

こうして、風祭道場にひとりの門人がやって来たというわけだ。

　夜になってからも、桐緒は鷹一郎の部屋で布団を敷きながら、まだ納得できずにいた。

「お千代さんのこと、本当にこれでいいんですね？　後悔したって知りませんからね」

「そうむくれるなよ、月謝と家賃はちゃんと取るからさ。よかったじゃないか、これで当面の糊口を凌げるぞ」

「お金の話じゃないんですよ！　免状のない仇討ちに手を貸してもいいのかって話です！」

　あぁ、そのことね、と鷹一郎は火鉢を抱えこみながら、くかぁと大欠伸をした。箸からつるつる落ちる里芋みたいに、まったくこの兄は摑みどころがない。

「ところで、お前、部屋の荷物はもう動かしたの？」

「動かしましたよ。今夜からあたしは、あの何考えてるんだかわからない偉そうな高飛車狐の隣の部屋で、反枕やら家鳴やらの妖魔にからかわれながら夜もすがら油揚げの夢にでもうなされつつ震えて眠るんです。かわいそうに！」

「紗那王ぐらいの九尾になると油揚げなんか食わないって言ってたけどなぁ」

「たとえばの話です、たとえばの！」

　嚙み合わない会話に桐緒がぶつくさ言っていると、鷹一郎がやれやれと首を横に振った。

「紗那王はいい男じゃないか。お前ももっと仲良くすればいいのに」

「兄上、狐というのは美男美女に化けるのがうまいだけなんですよ。ちゃんと眉毛に唾つけて騙されないようにしてください」

風祭道場は羽振りがよかったころの名残で無駄に部屋数が多いため、千代ひとり増えたところで屋敷が窮屈になるということはない。ただ、誰にどの部屋をあてがうかには少々頭を悩ますことになった。

今の時点で、南側に位置する庭を囲むようにして建っている母家の奥から紗那王と化丸、空き部屋、桐緒、鷹一郎、空き部屋、東に面して鉤の字に折れると仏間、客間などの順に部屋が並んでいる。

本来ならばふたつの空き部屋のどちらかに千代を入れるべきなのだろうけれど、鷹一郎の部屋の隣の空き部屋は亡き両親の部屋だったので遺品が山と詰まれてあり、明け渡すわけにはいかなかった。

となると、残る一部屋は紗那王の隣室しかない。桐緒はいろいろ考えて、隣が得体の知れない男（狐）の部屋というのでは千代があんまりにも不憫なので、自分がひとつ奥へずれて空き部屋に入り、桐緒の元の部屋に千代を入れることにした。これは桐緒にとっては大いに不満の残る部屋割りだった。

「それで、お千代さんはもう隣で寝てるのかい？」

鷹一郎が声をひそめた。

「いえ、台所で洗いものしてくれてます」

「あっそ」

「兄上、あたしはあの人を人殺しにしたくはありません。必殺の剣法なんて教えませんからね。教えるなら、兄上が直々にどうぞ」

「そう意固地になるなって。正義の押し売りはよくないぞ、桐緒。世の中、真っ向斬りばかりで片付くほどわかりやすいもんじゃないんだからさ」

　それはわかってますけど、と桐緒が言い訳がましく言うと、鷹一郎が手を上げて制した。

「じゃあ、訊くけど、お前はもし兄が殺されたらどうするよ？」

「やめてくださいよ、縁起でもない」

「もしもの話だよ」

「あたしは武家の娘です、仇を討つに決まってるでしょう。いくらとんちきな兄だって、たったひとりの肉親に変わりはないんですから」

「とんちきは余計だが」

　と、兄が妹の頭を撫でながら、満足そうに笑った。鷹一郎の大雑把な顔の造りは決して美男ではないけれど、この人懐っこい笑顔にはたまらない吸引力がある。

　そして、紗那王に言わせると、桐緒と鷹一郎は笑った顔がよく似ているらしい。

「オレも、お前にもしものことがあったら、必ず仇を討つぞ。討つまでは死ねないさ」

「兄上……」

「今のお千代さんは、仇を討ちたいという強い願いだけに生かされている。その願いを奪ったら、あの人はきっと迷わず死を選ぶだろうよ。そういう目をしていた」

女ながらに剣術道場の門を叩くのだから、それは生半可な覚悟じゃないんだろう。

火箸で炭を転がす鷹一郎が、厳しい顔で続ける。

「誰かを憎んでいないと生きていけないなんて悲しいことだけどさ、でも、そうでもしないと前に進めないときってあるんだよな。敵を憎むことで、生へ執着していてもらいたいんだよ。生きていくこともひとつの選択肢だって、思えるようになるまでさ」

――生きていくこともひとつの選択肢。

その言葉を、桐緒は何度か口の中で繰り返してみた。自分も一度、父と母を相次いで亡くしたときに、生きている意味を見失いかけたことがある。

「住みこみにしたのはね、突き放して、それこそ早まったことされちゃいけないって思ったからだよ。まぁ、しばらくは様子を見ようじゃないか」

「兄上……、恐れ入りました。そこまで考えていたとも知らずに、あたし」

まだまだ兄には敵わないと、桐緒は心底舌を巻いた。とんちきなんて言ってしまって、ごめんなさい。

ここで行灯の火が夜風にぐらりと揺れた。白猫姿の化丸が、首の鈴の音を鳴らして器用に障子を開けて室内に入って来たのだ。

「やい、男女。紗那王さまが寝酒をご所望ニャのだ」

「ニャ？　何そのしゃべり方、かわいくてムカツクんだけど」

「うるさい！　さっさと運べ」

「勝手に台所にあるの飲めばいいじゃないのよ。あたしは今ね、兄上と大事な話してるの」

「話はもう終わったよ。おいで、化丸」

相好を崩した鷹一郎が、素早く化丸を膝に抱き上げた。しっぽの長い白猫はなされるがままに膝上で背中を丸めると、すぐに気持ちよさそうに目を細めた。

「お前、あったかいよなぁ。春とは言ってもまだ寒いから、今夜は一緒に寝るか。ああ？」

「鷹一郎は寝言がうるさいからヤだね」

言ったな、と鷹一郎にお尻を叩かれた化丸が、ニャー、と鳴く。

「化丸、お前、お千代さんの前では無闇に猫になったり人になったりしちゃダメだぞ。気味悪がられちゃうからな」

「わかってら」

「反枕や家鳴もだよ。あの人を驚かせないようにね」

鷹一郎が天井に向かって呼びかけると、おでこの広い頭の大きな老人と一本角の小鬼が三匹、交互に天井から顔を覗かせては消えた。みんな兄上の言うことはよく聞く。

そう言えば、化丸はよく鷹一郎の膝の上に乗っている。今だっておとなしく喉を撫でられていた。桐緒が兄を大好きなように、化丸もきっと鷹一郎を心地よく思っている。

「男女！　ボケっとしてニャいで早く紗那王さまへお酒を運べ！」

桐緒は、兄の懐の広さを改めて垣間見たような気がした。

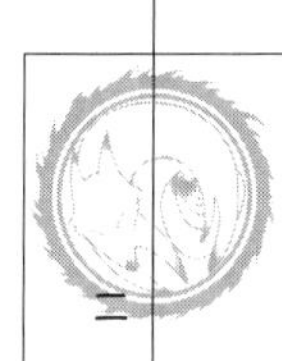

桐緒が木刀を上段に構えると、鷹一郎は下段の構えをとった。

兄はいつもそうだ、自分から攻めの構えは取らない。桐緒に自由に打たせてくれるのだ。

そんなふたりの立ち合いを、千代が熱心に見つめていた。

「なんかお千代さんに見られてると思うと、緊張しちゃうなぁ」

などと言って照れていた桐緒は、この日の稽古で、鷹一郎にこてんぱんに負けることになった。痛烈な引き小手を決められた際には木刀を取り落としてしまうという失態まで演じ、なんのいいところも千代に見せられなかった。

「桐緒さま、腕の具合はいかがですの？　わたくし、見ていてハラハラしました」

休憩時間に、道場の縁側で庭に足をぶらぶらさせながら桐緒が落ちこんでいると、千代が心配そうに濡れた手拭いを差し出してくれたものだ。

「あの、冷やした方がいいと思いまして」

「あぁ、ありがとうございます」

桐緒が紺木綿の稽古着をめくってみれば、やせ我慢にも大丈夫とは言えないほど、打たれた腕は赤く腫れ上がっていた。

「まぁ、……痛そう」

「へへ、慣れてますから」

木刀を手にするのは今日が初めてだという千代は、さすがに不安そうだった。

それでも、やめます、とは言い出さない。桐緒は千代の決意の固さを改めて思い知ったような気がして、励ましの言葉を探した。

「あのね、お千代さん。稽古でこういう痛い思いをしたくなかったら、どうしたらいいかわかりますか?」

「……どうしたらいいのです?」

「自分が相手を打てばいいんですよ。相手よりも強くなれば、打たれることもないですからね」

桐緒が勝気そうな目をして笑ってみせると、千代は一瞬目を丸くしたあとで、すぐに小さく笑い返してくれた。

「なるほど、精進いたします」

「ええ、頑張りましょうね」

昨夜の千代は慣れない家で緊張しているのか、なかなか寝つけないでいるようだった。部屋と厠を行き来しているらしい物音を、桐緒は何度となく耳にしていた。

そして、朝は誰よりも早く起きていた。桐緒が台所へ顔を出した時には、へっついに火をおこして、てきぱきと朝餉を作ってくれているところだった。たちまち二品三品を作り上げたその腕前の頼もしいこと。

　こんなお淑やかな千代のどこに、人を憎んだり、斬ったりしようなんて思う情念が秘められているんだろうか。桐緒には不思議でならない。

「桐緒さま、どうかなさいましたか？」

「あ、いいえ。ってゆうか、その桐緒さまっていうのはやめましょうよ」

「では、桐緒さん？」

「そうそう、それでいきましょう。あたし、ずっとお姉さんが欲しいって思ってたから、お千代さんとはうんと仲良くなりたいんです」

　言ってしまってから、千代は妹を亡くしたのだということを思い出して、桐緒は今の自分の言葉が不謹慎ではなかったかと慌てた。

「あ、あの、あたしが妹さんの代わりになろうとか、そんなんじゃなくて、えーっと」

　言えば言うほどドツボに嵌る。

　そんな桐緒に、千代はやさしく微笑んでくれた。

「桐緒さん、あの木は桜ですね」

　千代の指差す先には、春を待つ桜が立っていた。

「ええ、立派な枝ぶりでしょう。もう少ししたら、きれいな花が咲きますよ」

桜は、桐緒が一番好きな花だ。

「懐かしいなぁ。子供のころね、あの木に縄で木片をぶら下げて、それを打ちこむ稽古をよく父にやらされたんですよ。あたし、泣きながらやってました」

「まぁ、どうして泣きながら？」

「お人形さん遊びやおままごとがしたかったんです。もう剣術なんかやりたくない！　って、しょっちゅう駄々こねてました」

すると、母は決まって言ったものだ。それならもう木刀を持つのはおやめなさいな、と。

「だけど、不思議なもので、やれって言われるとやりたくないのに、やめろって言われるとやりたくなるんですよね。あまのじゃくなんだって、兄上は笑いますけど」

あの桜には、父と母と過ごしたころの思い出がたくさん詰まっている。吹けば飛ぶような貧乏道場でも、ここには桐緒の大切なものがたくさんあるのだ。

静かに桐緒の話を聞いていた千代が、遠慮がちに口を開いた。

「……あの、ご両親さまは今は？」

「ええ、二年前に流行り病で相次いで他界しました」

「そうでしたか」

お千代さんのご両親さまは？　そう訊いてみることは、桐緒にはまだできなかった。訊いてもきっと黙りこんでしまうだろうから。すみません、と悲しい顔で。

慌てることはないのだ。少しずつ、千代の寂しい心に近づけたらいいと、桐緒は思った。

ほどなくして頃合いを見計らったように、

「それじゃー、お千代さーん。見てるだけじゃつまんないでしょうから、まずは素振りでもしてみましょうかねー」

と、満を持して鷹一郎が声をかけて来たので、桐緒はおしゃべりをやめて、背中を押して千代を送り出した。


千代が重そうに木刀を振るのを、桐緒はひやひやしながら見ていた。振り下ろすたびによろよろとたたらを踏んでいるのは、千代の身体が完全に木刀の重さに負けているからだろう。

そんな初心者を相手にする鷹一郎は、持ち前の里芋精神でのらりくらりとしたものだ。

「そうじゃないんです、お千代さん。それでは盆踊りですよ。いいですか、もっとお臍に力を入れてこう振り下ろすんです、こう」

「こ、こうですか？」

言われて振り下ろした千代の木刀が、勢い余ってガンッと床板を叩いた。

「わっ！　やめて、床板は叩かないで！　穴が開いたら修理代が大変だ！」

「あ！　ご、ごめんなさい！」

これが剣術の稽古かというような、微笑ましいやりとりだった。

桐緒はいつの間にか、ひやひやからくすくすという気持ちになっていた。千代のことは兄にさえ任せておけば万事うまくいくような気が、段々本気でして来たのだ。

つい夢中になってふたりを見守っていると、

「桐緒」

背中から名前を呼ばれた。振り返れば、汗臭いことにはまったく興味のない紗那王が、仏頂面で桐緒を見下ろしていた。

「珍しいね、紗那王が道場に顔出すなんて。剣術に興味出たなら教えてあげるよ」

「結構だ」

紗那王の否定の言葉はいつもにべない。

「それよりも話がある。来い」

「え？　ええ⁉」

次の瞬間、行儀よく正座をしていた桐緒の身体が冷たい床板からふわりと離れた。紗那王の肩に、担ぎ上げられていたのだ。

「ちょ、下ろしてよ⁉　何すんのよぉ⁉」

暴れると、騒がしい、とお尻を叩かれた。

「バカ、どこ叩いてんの!?　あたしは鼓じゃないのよ！」

「痛むのであろう、腕が。治してやる」

「え、腕？」

桐緒は先ほど兄に打たれた腕を見た。そして、紗那王の背中を見た。

紗那王は着痩せする体躯なのか、触れている背中や肩は思いのほか筋肉質だった。

「あのぅ、腕は痛くても歩けるから下ろしてくれない？」

「そうだ、バカタレ！　今すぐ紗那王さまの肩から下りろ、礼儀知らずめ！」

童形姿の化丸が、道場と母屋を繋ぐ渡り廊下を行く紗那王の周りをうろちょろしながら喚き散らしていた。

結局、桐緒は米俵のように紗那王の肩に担がれたまま、母屋の居室まで運ばれた。千代はこれを驚き顔で見送っていたけれど、鷹一郎は例によってニヤニヤしていたのが腹が立つ。

桐緒の部屋を行き過ぎたところにある紗那王の部屋は、青畳の匂いが新しい、陽当たりのいい南西の角部屋だ。室内には箪笥や火鉢や衣服をかける衣桁のほかに、たなびく雲の下に内裏に似た王朝風の建物が描かれた六曲半双の六尺金屏風が置かれてあった。

この金屏風は、紗那王が風祭道場にやって来るときに唯一持参した私物だった。見るからに高そうで、紗那王はこれをとても大切にしているようだった。

「その屏風には触るな」

桐緒を畳に下ろしながら紗那王が釘を刺す。

「言われなくても触りません、子供じゃないんだからっ」

「紗那王さま！　こんな男女の腕を治してやったところで、どうせ夕餉にまずい沢庵が一枚増えるくらいの礼しかありませんよっ」

一緒に部屋になだれ込んできた化丸が、矢継ぎ早にまくし立てる。

「いっそ、裏の竹林に生き埋めにするのはどうです？　生きている間はなんの役にも立たない女でしたが、これからの季節、タケノコの肥やしにはなるかもしれませんから－」

「化丸」

「はい、ただいま！　土の中での腐乱を促す石灰を探してまいります！」

「呼ぶまで戻って来なくてよい。外で遊んでいろ」

「ニャんですと？」

すると、たちまち化丸が人から猫になり。

「ニャ――――ン!!!」

と、白猫は大きな放物線を描いて、春風で埃っぽい庭のどこかへすっ飛んで行った。

「ええ、化丸!?」

「気が散るので、あれにはしばらく猫の姿でいてもらう」

ザマァミロだけど、ちょっぴりかわいそうな気もした。桐緒がいつまでも庭を気にしていると、見なくていいとばかりに、障子がひとりでにぴしゃんと閉まった。紗那王を見ると、知らん顔で脇息にもたれている。

反枕や家鳴は紗那王を恐れているのか、この部屋にはあまり寄り付かない。静まり返った室内に、近所に住む新内節の師匠の美声が切れ切れに届いていた。

「桐緒、腕を見せてみろ」

「あー、平気だって。大丈夫だから」

「見せてみろ」

桐緒は仕方なく袖をめくってみせて、自分でもびっくりした。さっきよりも腫れがひどくなっていたのだ。

「うわ、何これ。ちくわぶのせたみたいになってる！」

笑い事じゃないけど噴き出してしまうと、紗那王が眉を寄せて桐緒の腕を引き寄せた。

「鷹一郎も容赦ない」

「当たり前じゃないの。それが稽古ってもんでしょ」

「理解しがたいな。人族というのは、つまらぬことに意地を張る」

そう言いながら、紗那王が両手で覆うように赤く腫れたちくわぶもどきを包みこんだ。その目にいつしか銀色の光が宿り、被せている手の平にはじんわりと熱が帯びて来る……。

するど、どうだろうか。

「あれ、痛みが消えたよ！」

紗那王が手を離すと、そこにはもう打たれた痕跡も残っていなかった。文字どおり、桐緒は狐につままれた気分だった。

「すごい、紗那王の手が触れただけで治っちゃったの？　こんなに一瞬で？」

「変若返りなど造作もないことだ」

「変若返り？　あぁ、不死身の力のことだね」

神々はその力によって傷を癒し、不老不死の身体を保つと言われている。

ゆったりと脇息に身を戻した紗那王が、威厳ある声で言った。

「まったく、手のかかる憑き主だ」

「はじめて見たよ、紗那王の神通力。これが天狐の力なんだね、ありがとね」

「礼などいらぬ。お前の身が負う傷ならばいつでも治してやる。だが、わたしは千代の面倒までは看るつもりはないぞ」

そう言い置いて、紗那王は切れ長の目で道場の方角を見据えた。

「あの女を内弟子になどして、本当によかったのか。あれに剣術を教えたところで、水に絵を描くようなものだと思うが」

「あ……、うん、それはあたしもそう思うんだけどさ、兄上がね」

桐緒は袖を元に戻しながら、昨夜、鷹一郎に言われた言葉をそっくりそのまま伝えることにした。考えがあって、千代を道場に置いたのだということを。生きていくこともひとつの選択肢だと思ってもらえるようになるまで、見守りたいということを。

「鷹一郎らしいな。お人好しにもほどがある」

「とりあえずは、ちょっと様子を見ようと思うの。怪我させないように気をつけるよ」

このとき、紗那王の返事はなかった。脇息に右手で頬杖をついて道場を見遣るばかりで、どことなく難しい顔をしていた。

「紗那王？　お千代さんのこと、反対だった？」

「……いや。お前たちが決めたことに口出しはせぬ」

そう言うだけ言って、また黙りこんでしまった。

自分は何か今、紗那王を不愉快にさせるようなことを口にしてしまったんだろうか。桐緒が居心地悪い思いでもう痛くも痒くもない腕をさすっていると、紗那王が不意に言った。

「桐緒」

「は、はい！」

「ここに、お前の差料を持って来い」

「刀を？　なんで？」

「いいから持って来い。わたしの気が変わってもよいのか」

桐緒は首を左右に振って、ここはひとまず言うとおりにすることにした。桐緒の部屋と紗那王

の部屋は隣接している。すぐに愛刀を手に取って戻った桐緒は、

「何をはじめようっていうのよ？」

と、心持ち不安ながらも、素直に紗那王の前に黒漆塗りの鞘に納まる刀を差し出した。

「これが、お前がいつも身に付けているものか」

「そうだけど」

うなずいた紗那王が、無言のまま さらりと刀身を抜き払ってみせた。真冬の氷柱のように鋭く清冽な刃が、部屋に差しこむ陽射しをきらりと跳ね返す。

「いい刀でしょ、父上の形見なのよ。亡くなった父上はね、江都じゃ、ちょっと知られた剣客だったの。父上の顔と風祭道場の看板に泥を塗らないようにって、これでもあたし、剣術に命張ってんだから」

「そうなのだな。お前がただの男女でなくてよかった」

「それ褒めてんの、貶してんの？」

そんなことが言いたいがために、わざわざ持って来させたのだろうか。ずいぶんと気紛れなお狐さまだ、などと桐緒が頬を膨らませていると。

「桐緒、お前に九尾の加護を授けてやろう」

「九尾の？」

うなずく紗那王が、厚くもなく薄くもない形のいいくちびるで、ふーっと長い息を吐いた。

と、その吐息が、見る間にぽうっとひとつの、青白い炎の玉になる。

「狐火!?」

狐が口から吐くという鬼火、それが狐火だ。手の平に乗る程度の大きさだった。そこだけ真夜中かと見紛うような青い炎が、ゆらゆらと幻想的に揺れている。

「きれい……」

「お前のための天尾移しだ、よく見ておけ」

「え？　テン、何？」

この桐緒の問いには答えずに、紗那王は左の手の平にのせた狐火を、右手で摑んでいる刀へとゆっくりと近づけた。

すると、狐火はたちまち玉の形から細長く伸びて、ぐるぐると螺旋を描き出した。とぐろを巻く蛇か龍のような動きだ。不動明王が右手に持つ降魔の剣は倶利迦羅竜王が巻きついているというけれど、まさにそれと同じ、狐火が桐緒の刀に何重にも巻きついていた。

「何が……どうなってるの？」

桐緒は自分の愛刀と紗那王を交互にうかがった。螺旋状の狐火を見つめる紗那王の両目は吹雪のような銀色で、その眼差しは狐火が刀身を締め上げるのを見て、楽しんでいるようだった。

やがて、狐火が朝日に露が消えるようにして音もなく刃の中に吸いこまれてしまうのを見届けて、桐緒は叫んだ。

「消えた！」

「わたしの九尾のうちの一尾を、これに移したのだ」

「九尾のうちの……って、えっ、しっぽを!?」

桐緒は愛刀をまじまじと見つめ返してみたけれど、玉散る刃はとても静かで、どこにも銀毛九尾の名残を感じることはできなかった。消えた狐火が刃に映りこんで青白く光るようなこともない。

「この中に、紗那王のしっぽが入ってるって言うの？」

「あぁ」

「痛くないの、そんなことして。紗那王の身体は大丈夫なの？」

桐緒は紗那王の銀毛九尾姿を、一度も見たことがない。なので、九つの尾というのが実際はどういうものなのか知らない。

どんな狐も、最初は尾は一尾しかないそうだ。それが歳を経て妖力を蓄えることによって、二尾三尾と増えていくものらしい。尾の数は妖力の強さに比例しているというわけだ。

「紗那王にとって、大切なしっぽなんじゃないの？」

「一尾減ったところで、まだ八尾ある」

「そんなアジやイワシを数えるみたいなこと言わないでよ」

桐緒は本気で心配していたのだけれど、紗那王は涼しげに笑っていた。

「桐緒、九尾の加護だ。わたしの妖力をこの刀に分けてある。この先、この刃がきっと、お前を護ってくれるであろう」

「護るって、あたしは大丈夫よ。自分で自分を護れるもの、剣術なら誰にも負けない」

「そうとも言いきれまい。わたしが憑いたということは、おまえは半分はこちら側の、妖魔の世界へ身を遊ばせているのも同然なのだぞ。妖魔に魅入られやすくなっている」

反枕や家鳴のようなものが寄って来るようになったのが、そのいい例だという。今まで見えなかったものが見え、聞こえなかったものが聞こえるようになってしまった。

「だが、よいか、桐緒。そやつらに呼ばれても、決して近づくな」

「反枕や家鳴にも？」

「あれらはよい。あやつらはわたしの許しを得てそばにいる」

「わかんないな。どういう意味？」

「心の目を開け、桐緒。真実を望むときは目ではなく心で見るがよい。妖魔はいつでも、お前のそばに潜んでいる」

紗那王の銀色の目は、まっすぐに桐緒の目を見ていた。

「……紗那王の心の目は、今、何を見ているの？」

「お前を見ている」

紗那王が色気たっぷりの笑顔になって、桐緒の黒髪を撫でた。

「なんか変なの。今日はやさしいんだね、紗那王」

「ただの気紛れだ」

あとで考えると、このときの桐緒は、紗那王が言わんとしていることを何ひとつ理解してはいなかった。目でしか物事を見ていなかったのだ。

紗那王の心の目はこのとき、何を、見ていたのだろうか――。

千代が入門して、七日が過ぎた。

正直、そろそろ音を上げるころかと桐緒は踏んでいたのだけれど、どっこい、千代は石に齧りつく心構えでしっかりと鷹一郎の稽古について来ていた。

それだけ本気で仇討ちを成し遂げたいと思っているのかと思うと、

（ちょっと悲しい気もするんだけど……）

ただ、さすがに千代も疲れは溜まっているようで、一日の稽古が終わって夕餉の支度をするころには、笊ひとつ動かすだけでも、よっこいしょ、と声を出すことが多くなった。そのたびに桐緒は千代と顔を見合わせて笑った。年寄りみたいですね、と。

千代には道場よりも台所の方がよっぽど似合う。魚のおろし方でも火加減でも桐緒が訊けばなんでも教えてくれるし、あまり口数が多くない分、話す言葉はどれも誠実で魅力的だった。こういうお姉さんがいたら、毎日がきっと、もっと楽しい。亡くなった妹さんと千代はさぞかし仲のいい姉妹だったんだろう。

桐緒は、千代と妹の境遇を心から不憫に思った。かわいそうに。妹という人は、どんな最期を迎えたんだろうか。

（辻斬りにでもあったのか、それとも、押し込み強盗に襲われたのか……）

桐緒がそんなことを考えながら台所で夕餉の煮物にするためのブリをさばいている時、玄関先で声がした。

「こんばんは、桐緒ちゃん」

迎え出てみれば、それは沢木藤真その人だった。並びのいい白い歯をこぼして笑う顔は、木洩れ日みたいにきらきらとまぶしい。

「わぁ、藤真さま！　上がって、上がって」

「いや、ここでいいよ。鷹一郎いる？」

「はい、今、井戸端で行水してます。相変わらずの不精っぷりで、せっかく内湯があるのに入らないから」

「あいつの風呂嫌いは子供のころからだもんな、筋金入りだね」

「そんなんだから、モテないんですよね」

「モテないは余計だな、妹よ」

その声に桐緒が振り返ってみれば、衝立の裏に、褌いっちょうの鷹一郎が肩や胸板に水滴を光らせて立っていた。

「人の悪口を言う輩に天誅！」

とうっ！　と叫んで、濡れた手拭いで桐緒と藤真の頭をぴたんぴたんと叩く。

「兄上、なんて格好してるんですか！　外から見られたらどうするんです！」

「見せたいのだよ、この肉体美を。どーだね、諸君！」

どーだね、と言われても、どーもこーもない、というのが桐緒の答えだ。そんな冷めた顔の妹の横で、藤真が声を立てて笑った。

「ハハ。鷹一郎、風邪ひくぞ」

「馬鹿は風邪をひかないのだ！」

「自分で言ってりゃ世話ないな。それより、今夜一杯どうだ？　阿佐草寺のそばにうまい店を見つけたんだよ」

この誘いに、鷹一郎は一も二もなく駆け出していた。

「待ってろ、藤真！　今すぐ着物を着て来る！」

バタバタと廊下を踏み鳴らして、母屋の奥へと消えて行く。

「桐緒(きりお)ちゃんも一緒(いっしょ)に行こうよ。今夜は三人で、何かおいしいものでも食べよう」

「あー……、ごめんなさい。今夜はちょっと、野暮用(やぼよう)があって」

せっかくの藤真(ふじま)の申し出ながら、桐緒は言葉を濁(にご)した。

「野暮用？　それ、大事なことなの？」

「ええ、まぁ」

「ひとりで留守番なんて寂しいよ」

そう言ってもらえるのはうれしいのだけど、この風祭(かざまつり)道場が実は今、思いがけず大家族だということを藤真はまだ知らない。

ちょうどこの時、紗那王(しゃなおう)と化丸(ばけまる)は風呂(ふろ)に入っていた。風呂から上がってもしも桐緒が飲みに出かけたなんてことを知ったら、自分を下僕(げぼく)扱いしかしていないふたりだ、どんなお仕置(しお)きをされるかわかったものじゃない。

それに、今はまだ千代(ちよ)をひとりにはできない。

「ごめんなさい、今夜は留守番してます」

「そうなの、残念だな」

藤真は、本当に残念そうな顔をしてくれた。藤真にこんな顔をさせてしまう自分が、とても悪い子に思えた。

「じゃあさ、日を改めて、今度ふたりでどこかに出かけようよ。鷹一郎(よういちろう)抜きでさ」

「ほんとですか！」

「うん」

　着物を着こんだ鷹一郎が戻って来て、さぁ行くぞ、と歩き出す際に、藤真は桐緒にそっと重い袱紗を手渡して出て行った。中を確認すると、三十両ほど包まれてあった。

（藤真さま……、まただ）

　この前、首飾りをもらったときもそうだった。あのときも部屋に戻って風呂敷を全部開いてみると、一番下に十両ほど敷き詰められてあった。

　藤真に度々こうして金子をもらっていることを、桐緒は兄には言っていない。たぶん藤真も鷹一郎には知られたくないから、こっそりと何かの下敷きにするようにして桐緒に手渡しているのだろう。

　鷹一郎はまっすぐな人だから、知ればきっと負い目を感じる。ふたりの友情は、その時点で対等なものではなくなってしまう。

　かと言って、兄に内緒で使ってしまうことも桐緒にはできなかった。今までもらったすべての金子を、耳を揃えてしまってある。

「桐緒さん、今のお客さまは？」

　玄関でいつまでもぼんやりとしていると、台所にいたはずの千代が前掛けで手を拭きながら不安そうな顔を覗かせて来た。慌てて、桐緒は金子の包まれた袱紗を袂に隠した。

「あぁ、ごめんなさい、台所預けちゃって。ちょっと知り合いでした」

「お知り合い？」

「はい、沢木藤真さま。父上の門人だった人でね、あたしたちとは兄弟弟子になる人ですよ」

このとき、どういうわけか、千代はちょっと怖いぐらいな顔で門の外を睨んでいた。

「お千代さん？　心配ないですよ、借金取りじゃないですから。それにすごくいい人ですし」

「あ、いえ、そういうわけでは」

「兄上、あたしたちを置いて飲みに出かけちゃいましたよ。ほんとに困りますよね、お酒に目がない人って」

桐緒が笑いかけても、千代は怖い顔のまま両手を握り締めていた。

「あのう、桐緒さん」

「はい？」

「今の方には、あの、あまりお近づきにならない方が……」

千代が言い難そうに、あの、その、と繰り返す。

「えっ。それはどういう意味で？」

「やい、男女！　台所にいないと思ったら玄関なんかで何してんだよ。風呂に入ったらハラが減ったぞ！」

折り悪くも、ここで化丸がお風呂上がりのほかほかとした顔で、メシ、メシ、とやり取りに割りこんで来たので、千代との話は尻切れとんぼになってしまった。言葉の意味が気になったけれど、訊く潮を失ってしまった感じだ。

「何か、あったのか」

そこはかとない間を感じ取ったのか、化丸の後ろから現れた紗那王が開口一番訊いて来る。勘がいい男というのも、いささか厄介だ。

「……別に。兄上の知り合いが来て、ふたりで飲みに出かけちゃっただけ」

「知り合い？」

「そう、知り合い」

藤真の存在を隠していることに気が引けて、桐緒はなんとなく、紗那王と目を合わせることができなかった。

紗那王の銀色の髪はお湯に濡れていつもよりいっそう美しく、雪を流したように輝いていた。


その夜、鷹一郎はかなり深酒をしたようで、翌朝は朝餉の時間になっても起きて来なかった。

「うっわ、ナニこの部屋!? お酒くさーっ！」

部屋を覗くと、兄が芋虫のように小さく丸まって夜具の上に転がっていた。

その足元で、反枕が枕を抱えて笑っている。

「鷹一郎め、見事な酔いっぷりよのう」

「うう、まぶしい……。閉めて、障子、閉めてぇ……」

「兄上、昨夜はいつごろ帰って来たんです？　お千代さん、遅くまで寝ないで帰りを待っててくれてたんですよ」

「頭痛い、大声を出すなぁ。家鳴、天井を走らないでぇ」

見上げると、三匹の家鳴が逆さまになって天井を駆け回っていた。

鷹一郎も藤真も底なしに酒を飲む。この様子だと、朝帰りだったのかもしれない。

「んもう。あたしたちは先に朝餉をいただきましたからねっ」

「いらない……食べたら吐く……もう飲めないよぉ、藤真ぁ」

付き合ってられないので酔っ払いは捨て置いて桐緒が廊下に出ると、心配顔の千代と鉢合わせた。

「桐緒さん、鷹一郎さまのご様子は？」

「二日酔いみたいです、ほっときましょ。あの調子じゃ、今日は一日使い物にならないと思いますから」

「では、今日の稽古はお休みですか？」

「んー、そうですね。お千代さんもたまにはゆっくり休むといいですよ」

「では、わたくし、おからを買ってまいりますわ。雲花菜汁をこさえましょう、二日酔いに効くといいますから」

そう言うなり、千代が廊下をそそくさと引き返す。その後ろ姿を見送りながら、桐緒の胸のどこかで何やら桃色に光るものがあった。

「いやいや、まかさかねぇ。あんな美人がいくらなんでも兄上なんかをねぇ」

「千代と鷹一郎が、どうかしたか」

桐緒と千代の話し声が聞こえたのか、耳聡い紗那王が最奥の角部屋から顔を覗かせた。すかさず、桐緒は廊下を走ってその袖を引っ張った。

「シーッ！　兄上に聞かれちゃうから、こっち来て」

「なんの話だ？」

怪訝そうな紗那王を春らしく麗らかな庭に引っ張り出した桐緒が、噂話に花を咲かせるおばさんのように手をひらひらとさせて兄と千代について熱弁を奮う。

「お千代さんってさ、兄上のことどう思ってるのかな。二日酔いの兄上なんかほっとけばいいのにね、なんか、ものすごく心配してくれてるみたいなのよね」

「鷹一郎に春が来たとでも？」

「うん、ひょうたんから駒かもしれない。うふふ、ひょっとしてひょっとするかもしれない」

兄と千代。もしそうなったら、そんなうれしいことはない。

くれていた。

「楽しそうだな、お前はいつでも」

紗那王は春風に舞い上がる長い銀色の髪を手で押さえながら、珍しく朝から機嫌よく笑って

庭の辛夷はもうすっかり花が散り、変わって足元では沈丁花が満開を迎えている。屋敷の外も中も春めいているようで、桐緒もなんだか朝からとても気分がよかった。

「ふたりがうまくいくように、紗那王も協力してよね」

「鷹一郎に酒を飲ませればいいのか？」

「違うわよ！　兄上をお千代さんとふたりっきりにするとか、いろいろ手はあるでしょ！　これはお千代さんにとっても幸せなことなんだから」

もしもふたりが恋に落ちたら、千代は生きる喜びに気付くかもしれない。仇討ちしたいという気持ちを時の流れの中で風化させるのではなく、人情で埋めていけたらいい。

「あたしはそう思ってる」

「それは、お前の都合であろう。千代の気持ちは、それほど生半可なものではないと思うが」

「それはまぁ、そうだけど……」

桐緒が声を落とすと、まぁよい、と紗那王が檜扇を開いて艶やかに笑った。

「お前の好きにするがよい、わたしはそれに従うまで」

「うん、ありがと」

「桐緒、千代とはずいぶんと誼を結んだようだな」

「そうね、あたしは好きよ、あの人。お千代さんになら兄上を任せられる気がする。そういう人が兄上のそばにいてくれないと、あたしも安心して嫁げないしね」

ところが、これを聞いた刹那、紗那王の顔から笑みが消えた。

「嫁ぐ？　お前、嫁に行くのか？」

「失礼ね、あたしみたいな男女は嫁のもらい手がないって言いたいの？」

紗那王から笑みが消えたのは本当に一瞬のことだったので、桐緒はまったく気付いていなかった。こういうとき、怒りの形相にでもなってくれればどれだけわかりやすいか——。

「桐緒」

呼ばれて桐緒が見返したとき、紗那王は笑っていた。ただそれは、能面のような貼り付いた笑顔でしかなかった。

ここで初めて、桐緒の背中がぞわりとした。

「桐緒、今朝は面白い話を聞かせてもらった。礼にひとつ、お前の欲しいものをくれてやろう」

「あたしの……欲しいもの？」

このとき、紗那王の目が銀色に光ったように見えたのは、気のせいだろうか。いや、気のせいだと桐緒は思いたかったのかもしれない。

あの目が吹雪のような銀色に灯るとき、天狐の神通力が開放され、何かが起こる。

「前に化丸が言っていたな。お前が入れ揚げている男の名、なんと言ったか」

「え？」

藤真のことを言っているのは明らかだった。

「嫁ぎたいと思うほど、恋しい男がいるのであろう？」

「ちが……、あたしは、ただ」

「その男の心が欲しいか、桐緒」

気付けば紗那王の周りには、いくつもの狐火が浮いていた。春の麗らかな陽気とは思えない、冷たい風が桐緒の頬を撫でて行く。

「欲しいのならば、望めばよい。わたしはお前に望まれれば、なんでもしてやるぞ。盗みも、殺しであろうともな」

そう言って、うっとりするほど妖しい笑顔をたたえた紗那王が、腕を胸の前にまっすぐ伸ばして右手でグッと何かを掴み出すような仕草をした。

すると、庭に浮き上がっていたいくつもの狐火が、青白い尾を引いて次々とその手の中に吸いこまれて行く。紗那王の長い銀色の髪は、尋常じゃなく吹き荒れる強い風に広がり、生き物のように舞い上がっていた。

やがて、最後の狐火が手の中に消えたとき。

紗那王が桐緒の足元に、何か赤い塊を投げて寄越した。

その赤を最初、牡丹(ぼたん)の蕾(つぼみ)か烏瓜(からすうり)の実かと思ったのは、まさか紗那王がこんなことするはずないと、桐緒は信じていたからだ。

赤い塊は、春のやわらかい庭土の上で、規則正しく動いていた。

どくどく、どくどく、どくどく……。

「……な、何よ、これ」

漂う金臭(かなくさ)い匂(にお)い。血の、匂い。血の。

「欲しかったのであろう、その男の心が。恋しい男の心、お前にくれてやる」

「……心？　違う、これは……心臓(しんぞう)、藤真(ふじま)さまの!?」

紗那王の顔に、表情はなかった。

ゾッとした。笑って人を殺せる人は怖いけど、愉悦(ゆえつ)も苦痛も何も感じないままに殺しができる人こそ一番恐ろしいのだと、心底、桐緒は思った。

いや、紗那王は最初から人でなどないのだ。

銀毛九尾(ぎんもうきゅうび)の狐。

紗那王が、藤真の血が滴(したた)る指先を、ぺろりと舐(な)めた。

「い……いやぁ！　藤真さまぁぁぁ！」

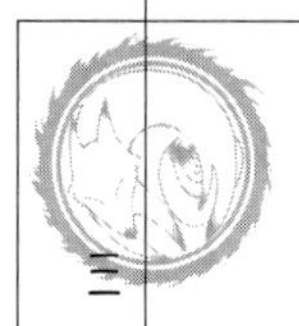

三 ◎ 狐の化かし合い

桐緒と千代の毎朝の日課のひとつに、庭で飼っている二羽の雌鶏の卵を拾うというものがある。

全身が薄茶色の方には〝あしび〟、薄茶色に尾の部分だけ少し黒みがかっている方には〝あけび〟という名前が付いていた。この二羽が産んでくれる卵は、大所帯になった風祭家の家計を大いに助けてくれている。

「よしよし、今日もたくさん産んでくれてるぞ」

桐緒は割らないようにやさしく卵を拾った。笊に集めた産みたてのそれは、とても暖かい。

「桐緒さん、今日の朝餉はじゃこを入れた卵焼きでも作りましょうか」

「あ、いいですね。おいしそう」

「紗那王さまは、生卵より、火の通った卵の方がお好きみたいですからね」

そう言って、千代があからさまに桐緒をうかがった。

桐緒が素知らぬふりをしていると、千代は重ねて、また紗那王の名前を口にした。

「あしびとあけびは、紗那王さまが買ってくださったものだと、鷹一郎さまからお聞きしました。ありがたいことですね」

「お千代さん」

「はい？」

「台所、戻りましょうか」

　桐緒のつっけんどんな態度に、千代は細い肩をすぼめていた。

　紗那王が藤真の命を弄んでから、五日が経つ。その間、ひとつ屋根の下に寝起きしているにもかかわらず、桐緒は一言たりとも紗那王と口をきいていなかった。

　紗那王の方も、別段、桐緒に話しかけて来ようともしなかった。頭は下げて来ないまでも、ご機嫌を取るぐらいのことをすればまだ可愛げがあるのに、桐緒の怒りは収まらない。

　そんなふたりを、鷹一郎と千代は最初こそ見て見ないふりをしていたものの、三日も経つとそうもしていられなくなったのか、化丸も味方に引きこんで、三人で交互に桐緒のところへやってきては、意味なく紗那王の話をして帰って行くようになった。

「まだ、仲直りをするお気持ちにはなれませんか」

「なれませんね。ってゆうか絶交したんですから、金輪際口きくことはないですね。あたしの前で、二度とあの男の名前を口にしないでください」

「話し合えば、誤解も解けるかと思いますけど……」

うんですか！」

「誤解？　誤解してるのはお千代さんたちでしょう！　どうしてみんな、あんな男のことを庇うんですか！」

仲直りさせようとする意味が、桐緒にはわからない。

（あんな人の世の情けも知らない狐、あたしは絶対に許さないんだからっ）

台所に戻ると、へっついにかけたお釜がご飯の炊けるおいしい湯気を立てていた。

ここ数日、江都は春らしい陽気が続いていたのに、今日はびっくりするくらい冷えこんでいる。火を使っていても、台所はちっとも暖かくなかった。

「桐緒さん、あのう、藤真さまのことなんですけど」

「もうその話はやめにしましょう」

千代はまだ何か言い足りないという顔をしていたけれど、桐緒は無視を決めこんだ。もう思い出したくないのだ、あの日のあの心臓のことは。

「た、た、た、た、た、大変だぁ～！」

と、鷹一郎が転けつ転びつやって来たのは、そんな矢先のことだった。兄の体当たりに、桐緒は危うく卵を入れた笊を落としそうになってしまった。

「何事ですか、兄上！　卵が割れたらどうするんですか！」

「卵なんていいから、ちょ、ちょ、ちょっと道場へ来なさい！」

鷹一郎に腕が抜けるくらい強く引っ張られながら、桐緒は道場へ引き摺って来られた。

「落ち着いてくださいよ、兄上。何がどうしたって言うんです？」

「ここ掘れワンワンなんだよ！　大判小判がザックザクなんだよ！」

「は？」

「ポチ、あれを見ろっ！」

唾を飛ばして意味不明なことを口走る鷹一郎が、道場のちょうど真ん中にぽつんとひとつ、それでいてやけに存在感たっぷりに置かれている四角い箱を指差した。

それは、豪華な装飾金具が四隅に施された漆塗りの千両箱だった。錠前は壊されている。

「えっ、なんで千両箱が!?」

「夕べ、道場の戸締りをしたときはこんなモノなかったぞ！　絶対になかった！　ついでにオレたちはポチなんて犬を飼ってた覚えもない！」

愛犬ポチにここ掘れワンワンと言われて大判小判を手にするお話は、昔話の中のこと。現実にこうして目の前に千両箱がある不自然さは、喜びよりも不気味でしかなかった。

桐緒が壊れた錠前を外して蓋を開けると、中からまばゆい山吹色の光がこぼれた。

「一両小判……、これ、本物ですか？」

「う、うむ。確かめておくかな、一応」

鷹一郎がおもむろに一枚摑んで奥歯で嚙みしめる。本物の小判ならば、純金製なので嚙めば歯形が付くはずだった。

「むっ、これは」

「どうですか、兄上」

「付いちゃったよ、歯形」

「まぁ！　それ全部、本物の小判なんですか。気持ちが悪い」

追いかけてきた千代が、少し離れた場所で不安そうに頬に手を当てていた。

おっしゃるとおり、気持ち悪い。得体の知れない大量の小判を前にして、棚から牡丹餅と喜ぶようなことは、桐緒にはとてもじゃないけれどできなかった。

「千両箱といえば、その名のとおり一両小判が千枚。贅沢さえしなければ、これで一生暮らしていけるぞ、桐緒」

「兄上！　これは他人様のお金です、自身番に届け出ないとダメですってば！」

持ち上げようとして、千両箱が案外重いので桐緒は驚いた。ざっと五貫（約二十キロ）はありそうだ。

「そのように重いものを、一体、誰がどうしてこちらの道場へ運び入れたのでしょうか」

千代がしきりに小首を傾げる。それを見ていて、桐緒は思い当たる人物がひとりだけいることに気付いた。千両箱を盗んで、運んで来るヤツ。

（こういう嫌がらせをするのは、あの男しかいないっ）

盗みも殺しも厭わない、九尾の狐。

「あ、おい、桐緒!?　どこ行くんだよ！」

鷹一郎の声を背中で聞き流して、桐緒はまっしぐらに紗那王の部屋を目指した。

なんて意地の悪い狐なんだろう！

桐緒が盗みと殺しをどれだけ嫌っているかを知っていながら、敢えてこういうことする。藤真のことといい、今日の千両箱のことといい、忘れたころに不愉快なことをしでかす、まるで天災みたいな男だ。

「紗那王っ！」

廊下を行くと、すっかり春めいた庭で、紗那王が赤い目をしたカラスを腕にとめているのと出くわした。

「へぇ。あんたみたいな悪人には、カラスみたいな小狡い生き物がお似合いね」

紗那王は桐緒を一瞥しただけで、何も答えなった。カラスに何事か語りかけて、行け、と宙に放つ。

カラスは桐緒の目の前ギリギリで、バカァァァー、と甲高く一声鳴くと、薄雲のたなびく空の彼方に大きな翼を広げて、消えた。紗那王の足元には、濡れ羽色の羽根が一枚落ちていた。

「今、あのカラス、あたしにバカって言わなかった？」

「あれはわたしの使い魔だ。存外、賢い。人語も解する」

「使い魔？　また善からぬことでも画策してるんだ？　今度は何、また殺し？」

「……久しぶりに口を開いたと思えば、悪態か。わたしはよほど、お前に疎まれているらしい」

「当たり前でしょ、これだけ意地悪ばっかされれば！　どうしてあたしが嫌がるようなことばかりするのよ！」

まくし立てる桐緒を見て、紗那王はうるさそうに銀色の髪を肩の後ろへ跳ねのけた。

「藤真のこと、まだ怒っているのか。たかが戯遊ではないか」

「その遊びであたしがどんな思いをしたか、あんた、わかってんの⁉」

あの日、紗那王に脈打つ心臓を投げつけられて、桐緒はもつれる足で半狂乱に藤真の屋敷へ走った。胸が張り裂けそうな思いで障子を開いた。

心臓をえぐり取られて胸にぽっかりと暗い穴を開けている藤真を、この目にしなければならないという恐怖。それも自分のせいで殺されたのだという罪悪感。それがどれほど苦しいものであったか、狐なんかには永遠に理解できないだろう。

藤真の屋敷へ駆けこむと、藤真は寝床に仰向けになっていた。名前を読んでも、目を開けてはくれなかった。

けれど、心臓がなくなっているということはなかった。

『桐緒ちゃん？　……アイタタ、頭痛い……二日酔いでさぁ』

そう言って寝返りを打った藤真の胸板は、力強く上下していた。心臓は、きちんとそこにあった。

　わけがわからずに再び道場に戻ってみれば、庭に転がっていたのは血腥い心臓などではなく、沈丁花の花の一塊りだった。狐に、化かされたのだ。

　紗那王に遊ばれたんだと理解したとき、桐緒の全身の力が抜けた。その安堵はやがて、激しい憎悪に変わった。

「ほんとサイテーな男。あたしが驚いたり悲しんだりするのを見て、そんなに楽しい？　今度の千両箱はなんの当てつけよ。口きいてやらないことへの嫌がらせ？」

「千両箱？　なんの、話だ」

　紗那王が落ちていたカラスの羽根を拾い上げて、針のように鋭い視線をくれた。

「とぼけないで！　あんたの仕業以外、考えられないでしょ！」

「桐緒」

「盗みと殺しはしちゃダメだって、あたし、何度もお願いしたよね？　それとも、憑き主の器じゃないあたしのお願いなんか、聞く耳持たないってわけ？」

　紗那王は、黙って桐緒の怒りの声を聞いていた。その落ち着き払った態度がまた、桐緒の癪にさわった。

「出てって、ウチから今すぐ。運でも財でもなんでも、身包み剝がして持ってけばいい。それで物乞いになろうとも、悪を悪とも思わないあんたの顔見て暮らすよりはよっぽどマシだ！」

「……それは、本心からの言葉か。桐緒」

紗那王が手を伸ばして来るのを、桐緒は鞭をしならせるように乱暴に腕で振り払った。

「触らないで！　紗那王の手は物を盗んだり、人を殺したりするための汚れた手だ！」

何か言い返されるかと思ったけれど、紗那王はただ黙って、桐緒を見ていた。いつでも取り澄ました顔で、何を考えているのかわからない。今さらもう、わかりたくもなかった。

騒ぎを聞きつけた白猫姿の化丸が、首の鈴の音を鳴らして屋根からすとんと下りて来る。

「何事にございますか、紗那王さま⁉」

庭では、うぐいすがしきりに春を告げていた。


山谷堀脇の自身番に千両箱を届けに出かけていた鷹一郎が戻って来たのは、七つ（午後四時ごろ）の鐘が鳴り終わって、しばらく経ったころだった。

自身番というのは町内で雇った親方たちが詰めているところで、火消し道具もあれば捕り物道具もあり、ときには奉行所の同心がふらりと立ち寄って、何か変わったことはないかい、と町に睨みをきかしていく詰所のことだ。

「遅かったじゃないですか、兄上。帰りが遅いんで心配しました」

玄関で待ち構えていた桐緒は、兄の腕に取り縋って無事に帰って来たことを喜んだ。

「すまん、すまん。自身番の親方たちにせがまれて囲碁を打ってたんだよ」

「それならそうと使いを寄越してくださいよ。あたしもお千代さんも気が気じゃなかったんですから……、千両箱のことはどうなりました？」

我が家の狐が盗んだ千両箱です。とは、いくらなんでも馬鹿正直過ぎて言えない。にしても、朝起きたら道場に投げこまれていました、と持ちこんだ千両箱を、親方や岡っ引きたちが鵜呑みにしてくれるとは、到底思えなかった。

根掘り葉掘り訊かれた挙句に盗人扱いされるか、最悪、狐憑きだということが世間にバレてしまうのではないかと、桐緒は大いに気を揉んで鷹一郎の帰りを待っていたのだ。

「それがさ、自身番で面白い話聞いたんだよね。お前、『朧小僧』って聞いたことあるか？」

「朧小僧？」

「近ごろ、江都を騒がせてる義賊らしいんだよ。金のある武家や大店から金品を奪って、貧しい長屋に千両箱を投げこんだり、小判の雨を降らせるんだってさ」

居間にあぐらをかいた鷹一郎が、興奮した様子で自身番で仕入れてきた話を披露する。

「長屋暮らしの人たちの間じゃ、ずいぶん噂になってるらしいよ。まぁ、町方の英雄を武家のオレらが知らないのは当然だけどさ」

「それで、その朧小僧がなんだってゆうんです？」

もたげる不安を拭うように、桐緒は鷹一郎の湯呑みにお茶を注ぎながら訊いた。

「まさかウチの千両箱も、その朧小僧の仕業とか言うんじゃないでしょうね？」

「そのまさかだよ。昨夜は阿佐草蔵マエの札差が襲われたらしい。あの千両箱の飾りのところに、その札差の屋号が入ってたから間違いないとさ。オレたち、義賊のお恵みを受けたようだ」

仮にも武家が面目ないよなぁ、と鷹一郎は屈託なく笑ったけれど、桐緒は笑えなかった。

「待ってください、兄上。それじゃ、紗那王とは関係ないと……」

「お前、本気で紗那王を疑ってたのか？　あれはそんなことをする男じゃないってこと、一番近くにいるお前がどうしてわからない？」

だって。だって。だって。だって。だって！

「お前、紗那王と約束したんだろ？　盗みと殺しはしないようにって」

「約束？」

いつだったか、それは命じているのかと聞かれ、約束だと答えたことがあった。そのことを、兄は言っているんだろうか。

「紗那王、前に言ってたよ。オレたち兄妹は欲がないって。でも、それでいいのかもしれないって。人ってのは厄介な生き物だから、与えればいくらでも欲しがるんだと」

いつの間にか西日はすっかり落ち、空は朱から紫へと色を変えていた。風が運ぶ町の音も、のんびりとした三味線や長唄から、夕餉の仕度を当てこんだ物売りの声や、買い物に駆け出す女下駄の音色に移ろいでいる。

「どうしよう、兄上。あたし、紗那王にとても、とてもひどいことを言ってしまいました」

「そう思ったんだったら、謝ればいい」

「……許してくれるでしょうか」

「なぁ、桐緒」

鷹一郎が湯呑みを置いて、顎を撫でた。こういうお説教のときの兄の声は、亡き父にとてもよく似ていた。

「藤真の一件は化丸から聞いてるよ。お前の気持ちを踏みにじった紗那王は、確かに褒められたものじゃない。けど、藤真は生きている。お前が早合点しただけだ」

「はい……」

「そして、今日もだ。紗那王が盗みを働いたと、お前は頭から決めこんで早合点した。それは、お前がいつも心のどこかで、あの男ならそういうことをしでかすに違いないと、疑ってかかっているからじゃないのか」

桐緒はうなだれていた顔を、弾かれたように鷹一郎へと上向けた。

「憑き主になるっていうことはさ、自分の狐を信じてやることなんじゃないのかと、オレは思ってる。器を示せっていうのは、そういうことなんじゃないのか」

兄の放った言葉はやさしくもあり、鋭くもあった。一言一言が、桐緒の頑なな胸の内に深く突き刺さった。

紗那王を疑っていた自分。信じることのできなかった自分。飼い慣らしてみせるなんて、器見せるなんて言っておきながら、

(あたし、今まで何をしてきた……?)

「兄上、失礼します!」

畳を蹴って、桐緒は一目散に紗那王の部屋へ走った。

すべて、兄に言われるまでもないことだった。そのことに、自分は今までどうして気付かなかったんだろう。

桐緒は紗那王に天尾移しをしてもらった日のことを思い出して、泣きたくなった。いつだって紗那王は、桐緒を憑き主として扱う用意はしてくれていたのだ。あんなに自分のことを、まっすぐに見てくれていたのに。

(あたしは紗那王の何を見ていたんだろうっ)

「紗那王! どこにいるのー?」

西日差す部屋に姿はなかった。

「紗那王! 化丸っ!」

何度呼んでも、返事はなかった。

そうして、道場を探そうとして母屋と道場を繋ぐ渡り廊下へ回ったところで、銀色の髪を翻して玄関を出て行く紗那王の後ろ姿をようやく見つけることができ、桐緒は叫んだ。

「紗那王、待って！　行かないでっ！」

けれど、その背中が誰そ彼れ時の通りへ向かう歩を緩めることは、なかった。

月も月影も、水に滲んだみたいにぼんやりとした朧月夜だった。

紗那王は、北奥の大名たちが参勤交代に使う北奥街道をまっすぐ北へ、センジュ大橋方面に向かって歩いていた。

桐緒が何度名前を呼んでも、よっぽど怒っているのか、紗那王は決して振り向いてはくれない。拒絶の色濃い背中を、桐緒はただひたすら追うしかなかった。

夜道を歩く人影は、桐緒と紗那王のほかには見当たらない。当然だ。この先に何があるのかを思えば、桐緒だって本当は、今すぐ引き返したいところだった。

芳原遊郭の赤々とした明かりを左手に見ながらしばらく歩くと、ふっつりと家が途絶えた。

……コヅカ原だ。

罪人たちの磔、獄門、火罪、斬罪などが行なわれる刑場、いわゆる〝仕置き場〟というやつだ。土やら草木にまで、死に行く者たちの断末魔の声が染みこんでいそうだった。両側に生い茂る小笹が夜風に音を鳴らすたびに、桐緒の心臓はきゅうと縮み上がった。

「お願い、止まって、紗那王。どこまで行くつもり？」

呼びかけてみたけど、やっぱり返事はなく、代わりに、カラスか何かがバサバサバサッと大袈裟な羽音を立てたものだから、

「キャーッ！」

と、桐緒は耳を押さえて、ぺたんと地面に座りこんでしまった。腰が抜けてしまったのだ。

それに気づいて、ようやく紗那王が立ち止まってくれた。目の前までやって来て、笑って手を差し出してくれたのだ。

桐緒は、自分が情けなかった。こんな風に、自分が困っているときはちゃんと差し伸べてくれる手を、どうして汚い手だなんて言えたんだろう。

（汚いのは、あたしの心だ）

疑う心と罵る言葉しか知らないなんて。

「ごめんね、紗那王。あたし、紗那王のこと何もわかってなくて……」

謝る桐緒を、紗那王がやさしい笑顔で迎えてくれる。

差し出された冷たくほっそりとした手を取って立ち上がった拍子に、桐緒は紗那王の着物からなぜか泥くさいような、生ぐさい臭いを嗅いだ。

「ん？　紗那王、これなんの臭い？　いつもの伽羅の香は？」

あの高貴な香りは嫌いじゃないんだけど。そう思って、桐緒は背の高い紗那王を見上げて、

そのまま仰け反って後ろへ飛び退いた。

「お前、妖魔!?」

紗那王だと思っていた男が、ニタァ、と紗那王なら絶対にしないような下卑た顔で笑っていたのだ。かと思えば、その顔からずるずると目が落ち、鼻が落ち、くちびるが落ちた。

誰そ彼れ時。それは、逢魔が時とも言う。魔に逢う刻限という意味だ。

もしかして最初から、道場の門を出て行ったあの背中からすでに、

（紗那王じゃなかった……!?）

狐憑きが妖魔に魅入られやすいということを、桐緒はこの瞬間まですっかり忘れていた。

桐緒が紗那王だと思っていた『何か』は、今となってはもう面影などどこにもなく、そこにあるのはただぶよぶよとした、水脹れしたような真っ黒の塊だけだった。

頭の中が真っ白になっていると、その黒いぶよぶよがお腹を空かせた猛獣のように襲いかかって来た。

「冗談じゃないっ！」

とっさに、桐緒は鯉口を切っていた。紗那王が九尾のうちの一尾を移してくれた天尾移しの刀だ。あのときは、まさか本当に自分が妖魔に狙われるなんて思ってもみなかったけれど。

今は、この刃を信じて闘うしかない。

「見せてもらおうじゃないのよ、九尾の加護ってヤツをさぁ！」

疑わない。

紗那王の妖力が、きっと自分を守ってくれると信じている。もう桐緒は、紗那王の言葉を疑わない。

桐緒が抜きつけに刀を袈裟に振り上げると、黒いぶよぶよをほんのわずかながら、斬った手応えがあった。

いける！　そう思い、さらに斬ってかかろうと右足に力を入れたその途端、ズルリと足場が崩れて、桐緒は仰向けに道脇の小笹の中に滑り落ちてしまった。

「わっ、わわわっ!?」

どうやら、道の端っこが斜面になっていたらしい。大の字に倒れこんだ桐緒は、無防備に満月に身を晒していた。

（そうか、今日は満月なんだ……）

紗那王と出会ってからちょうど一カ月。いつの間にか、紗那王が隣にいる毎日が当たり前になっていた。いないことをこんなにも不安に思う日が来るなんて、思いもしなかった。

月が、歪んで見えた。桐緒の目が、涙で曇っていたせいだ。

そこへ、黒いぶよぶよの第二打が。

やられる！

桐緒が覚悟を決めた瞬間、燃えたぎる青白い狐火が黒いぶよぶよ目掛けて闇を切り裂いて走った。これに驚いた妖魔が、地を這って逃げ出す。

「むっ、逃したか。はしこい妖魔め」

「紗那王!?」

聞き慣れた声だったので、てっきりそうだと思ってしまった。桐緒は寝返りを打って四つん這いのままその声に向かって這い寄った。紗那王が助けに来てくれたんだと、思ったから。

だから、

「娘、妖魔に斬りかかるとは面白いな」

と、声の人が目線を合わせるように片膝を立ててしゃがみこみ、色鮮やかな飾り糸が長く垂れる檜扇の骨で桐緒の顎をぐいっと上へ持ち上げたときは、驚いた。

助けてくれたのは、紗那王ではなかった。声も年恰好も王朝風の豪華な着物も、紗那王を思わせるものではあったけれど、見知らぬ顔だったのだ。

何より、髪の色が違う。紗那王は白妙の雪を流した銀色だけれど、その人は琥珀玉をちりばめたような金色の髪をしていた。月明かりを背にして立つ姿は、まばゆいばかりに美しい。

「誰……？」

桐緒がかすれた声でつぶやくと、金色の髪の男は紗那王よりもくっきりとした二重の目をしばたかせ、お前こそ何者だ？　と、顔を覗きこんで来た。

その目は金色を灯していた。

「この刀は天尾移しの刀だ。だから妖魔が斬れた」

そう言われたときには、刀が桐緒の手から男の手に移っていた。しっかり掴んでいたはずなのに、いつの間に。

「返してください、あたしの刀です！」

「おっと」

桐緒が手を伸ばすと、男は愛嬌のある笑いを浮かべて、からかうように天尾移しの刀を持つ手を後ろに引っこめた。その袖からは、紗那王と同じ伽羅の香の匂いがした。

「威勢のよい娘だな。言え、誰の天尾を分けてもらった？」

男の正体を見極められない桐緒は、黙って金色の目を見返していた。すると、男が首を捻りながらぽそりとつぶやいたのだ。

よもや紗那王ではあるまいな、と。

「え？　あなた、紗那王を知ってるの？」

と、そのとき。

「――桐緒！」

唐突に、本当に唐突に、桐緒は闇のどこかで名前を呼ばれた。

伽羅の香りがする。そう思った次の瞬間には、夜空のどこかから伸びて来た大きな両腕に後ろから抱きかかえられ、桐緒は宙に浮かび上がっていた。地面がずっと足の下にある。

「桐緒、大事ないか」

「紗那王!?」

銀色の髪に銀色の目をした男が、桐緒をしっかりと背中から抱きかかえてくれていた。

「本物？　ほんとにほんとの、紗那王？」

「情けないことを言う。わたしの顔を、見忘れたか」

いつもの紗那王だった。高飛車で無愛想で、だけど、嘘のない眼差しでまっすぐ自分を見つめ返してくれる。

桐緒は身体を捻って、紗那王の銀色の髪が流れる首にしがみついた。

「もう会えないのかと思ったよぉ」

「なぜ、泣く」

「泣いてなんかないわよ、泥が目に入っただけ」

「……ならば、よい。大事ないのであれば、それでよい」

抱き返してくれた紗那王の二の腕は、いつもみたいなふざけた感じではなく、親鳥の翼みたいに暖かくも力強かった。

紗那王は桐緒に怪我がないことを確認すると、ホッと小さく息を吐いてから、足下にたたずむ金色の髪の男へ鬼の形相を投げつけた。

「その刀を返してもらおう」

言うなり、怒りを孕んだその視線が青白い稲妻になって、男目掛けて駆けて行く。

「わーっと！　待て待て待てっ！」

「我が主以外のものがその加護を持つことを、わたしは許さぬ」

「返す、返すから、紗那王！　わたしだ、松寿だ！」

寸でのところで稲妻を飛びかわした金色の髪の男が必死に呼びかけるのを聞いて、

「松寿？」

このとき、紗那王がハタと動きを止めてしまったことは、桐緒にとって意外なことだった。

しばしの沈黙のあとで、

「松寿王……なのですか？」

なのですか。紗那王の敬語にも驚いた。

桐緒はおずおずと紗那王に言った。

「あの、あのね、紗那王。あの人、あたしを助けてくれたみたいなんだけど」

「松寿王がお前を？」

紗那王は長いこと金色の髪の男を見遣っていた。そうして、ふと我に返ったように、慌てて地に下り立つと。

「これは、とんだご無礼をいたしました」

「ほんとだよ、無礼極まりない。久しぶりの再会は涙の抱擁を期待していたのに」

銀色の髪の男と、金色の髪の男。向き合うふたりは、面差しがとてもよく似ていた。

松寿王と呼ばれた男が、意味ありげな微笑みで紗那王に桐緒の刀を放って寄越す。

「天尾移しの刀とは驚いたな。お前が憑き主のために、己れの尾を分けるとは思わなかった」

返された刀を桐緒に手渡す紗那王は、決まり悪そうな顔をしていた。高飛車な紗那王がこんな顔をするのは初めてのことだったし、誰かに敬語を使うのも有り得ない光景だった。

「あのう、紗那王、あの人は一体……？」

状況をさっぱり飲みこめない桐緒が口を開いたところで、紗那王さまーっ、と甲高い声と鈴の音が。

「おや。この声は化丸か」

松寿王が視線を投げた先を追って桐緒も見遣れば、白猫姿の化丸が、満月に照らされて餅が弾むようにこちらへ向かって走って来るのが見えた。

「久しいな、化丸。息災であったか」

紗那王の代わりに金色の髪の男に親しげに呼び止められた化丸が、怪訝にしっぽを立てる。

「あん？　オレさまに気安く話しかけん……ニャーッ!?　松寿王さま!?」

化丸がくるんと宙返りで人化し、恐縮してその場に這いつくばった。あまりの動揺か、猫耳だけが消し忘れて頭に残っていた。

「も、も、申し訳ございません、ご無礼をお許しくださいっ！」

それから化丸は、紗那王の片腕に抱かれたままの桐緒に目を剝いて、怒鳴った。

「こら、桐緒っ。紗那王さまから離れろ！　松寿王さまの御前だぞ！」

「構わんよ。この娘、どうやら弟の新しい憑き主のようではないか」

「えっ、弟!?」

叫んだ桐緒に、紗那王によく似た面差しの人が、えへんと胸を張る。

紗那王はその様子を、渋柿でも噛んだみたいな顔で見ていた。


「ところで、鷹一郎。ここは面白い屋敷だな。なぜお前たちはこのように狭苦しい納屋で暮らしているのだ？」

「いいえ、松寿王。これがうちの母屋なのですよ」

「なんと、これが母屋とな！」

「はい。うちはご覧のとおりの貧乏道場、紗那王にも何かと不便をかけています」

「そうであったか……。いや、これは失礼した。庶民の暮らしぶりというのは実に興味深いものだな。この酒もそうよ、こんなに安っぽくてまずい酒は生まれて初めて口にする」

風祭道場の客間で、鷹一郎と松寿王がご機嫌顔でお酒を飲み交わしていた。世間知らずの松寿王の発言は失礼極まりないものが多いながら、どうやらふたりは意気投合したらしい。

桐緒がコヅカ原で松寿王と出会ったのは、ほんの半刻（一時間）前のことだ。すぐに家に戻って兄に引き合わせると、あっという間に酒だ料理だと盛り上がっていった。

そんな兄たちを、紗那王は仏頂面で見遣っていた。童形姿の化丸は行灯に油を足したり、松寿王の肩を揉んでみたり、おろおろと座敷を動き回っている。

「ん？　桐緒、わたしの顔に何かついているか？」

お酒を飲めない桐緒が番茶を啜りながら松寿王をジッと見ていると、目が合った。

「あ、いいえ。ただ、紗那王に似てるなって、思って」

「そうか？　わたしの方が遥かにいい男だと思うのだが。どうだ、桐緒。これも何かの縁だ、わたしに乗り換えないか」

はぁ、と曖昧な返事で桐緒が愛想笑いを返していると、紗那王が横から桐緒の肩を軽く突き飛ばして、ずいっと膝を進めた。

「兄君はお変わりございませんね。そうやってすぐに人の物を欲しがるところなどは、特に」

「なんであろうか。今、そこはかとない棘を感じたが」

「さて。御心にやましいところがおありなので、そう聞こえるのではありませんか」

松寿王は口に運びかけた杯を盆に戻すと、わざとらしく肩をすぼめた。

「お前、まだ木隠をわたしに盗られたこと怒っているのか」

「木隠だけではありません。わたしは兄君に、結城と霧島も盗られました」

化丸がそっと桐緒に耳打ちをした。

「木隠も結城も霧島も、紗那王さまがお小さいときに飼っておられた烏天狗だ」

「へ、へぇ」

桐緒は化丸にうなずき返して、紗那王の横顔を盗み見た。

（うっわ、機嫌悪そう！）

愛想のない朝一番の顔よりも、もっとずっと不機嫌そうだった。この兄弟はあまり仲がよくないのだろうかと、桐緒はなんだか心配になった。

そんな紗那王に、松寿王が脇息にもたれながらふてくされたように言い返した。

「ひーちゃん、あまり細かいことをいつまで根に持つのはどうかな。禿げても知らんぞ」

「その呼び方、やめてください」

また化丸が桐緒に耳打ちをする。

「紗那王さまのご幼名は『緋月』さまと言うんだ」

「あぁ、それで『ひーちゃん』。かわいいね」

ここで千代がお酒のおかわりと切干し大根の煮込みやらアオヤギとネギのぬたやらを運んで来てくれたので、会話が一旦途切れた。

「わぁ、ぬただ！　おいしそう！　あ、ごめんなさいね、お千代さん。急にお客さん連れて来ちゃって。あとはあたしがやりますから」

「いえ……」

「あれ。手、どうしました？」

千代の左手に包帯が巻いてあるのに気付いて、桐緒は身を乗り出した。

「すみません、包丁を研ごうと思いまして、その」

千代が慌ててその手を引っこめる。

「あぁ、ウチの切れ味悪いから。今日はもう、こっちのことは気にしないでいいですから、ゆっくりしててくださいよ」

「……はい、では、先に休ませてもらいますね」

去ろうとした千代に鷹一郎が、

「こちらは紗那王のお兄さんです」

と、松寿王を手短に紹介した。千代は畏まって頭を下げ、あまり中の話を聞かないようにと気を回してくれているのか、早々に台所へ引き返して行った。

「はて。鷹一郎、今の美人は？」

「住みこみの剣術の門弟です。気立てもいいし、よく気のつくいい娘さんですよ」

「ほーう、あんな美人が剣術をねぇ」

松寿王は、千代にも千代の運んで来た庶民の料理にも興味を持ったようだった。

「賄いもしてくれて助かっています。どうぞ召し上がってください、お千代さんの料理はどれもおいしいですよ」

「いただこう。これはなんだ、馬のエサのような色をしているが匂いはうまそうだな」

馬のエサ呼ばわりをした切干し大根に箸を伸ばして、松寿王が紗那王を見遣る。

「なぁ、紗那王。この屋敷、何やら面白そうではないか」

「ええ、面白いですよ。気を抜く間もないほどに」

紗那王が意味ありげな笑いで応じると、ふたりの間にどんな符丁があるのか、松寿王もまた含み笑いを返していた。この兄弟、仲がいいのか悪いのかよくわからない。

「ところで、兄君。今日はあのようなところで、何をなさっておいでだったのです？」

「うむ。お前を探して匂いを追っていたら、憑き主の桐緒に行き着いた。いや、しかし驚いたわ。お前、いつ柳羽を見限った？」

「一カ月ほど前でしょうか。兄君にも使い魔を飛ばしてお伝え申し上げましたが」

「あれぇ、そうだったかな」

首を傾げる松寿王を見て、この人はきっと右から左に人の話を聞き流す性格に違いないと桐緒は思った。鷹一郎もそういう性格をしているからよくわかる。

その鷹一郎が、松寿王にお酌をしながらなんの気なしに訊いた。

「松寿王の憑き主というのはどういった方なんですか？　うちと違って名家なんでしょうね」

「なぁに、大したことはないわ。朝廷から金で買った出自をひけらかす田舎侍に過ぎん」

「へぇ。大名家ですか？　それとも、お旗本？」

「徳河将軍家だ」

「ぶ――――っ!!!」

鷹一郎は口に含んでいたお酒を、桐緒は番茶を揃って思いっきり吹き出してしまった。

（しょ、将軍家!?　今、将軍家って言った!?）

慄く兄妹を見て、紗那王が傲然と言い放ったものだ。

「驚くことはあるまい。歴史のそこここに天狐はいる。天下も栄達も、この世の賽はすべて我ら一族の方寸次第ということだ」

「そういうことだ。わたしが憑いているうちは、徳河の世はもう百年でも二百年でも続くぞ」

ハハハ、と兄と弟が鷹揚に笑い合う。

そう言えば、前に化丸が言っていた。江都で立身出世している多くが狐憑きの家なのだと。

それはこういうことだったのかと、桐緒は天狐の恩恵にめまいがした。

「桐緒、紗那王はお前にやさしいか？　もしも不満があるようであれば、わたしが代わりに憑いてやってもよいぞ」

「将軍家からウチへ!?　とんでもない！」

「そうだ、いいこと思い付いた。わたしがこの家に憑き、入れ違いに紗那王が将軍家に憑くというのはどうだろう？　おお、それがいい」

全然よくないっ、と顔の前で手を横に振る桐緒が助けを求めるように隣を見上げると、紗那王がへの字口を苛立たしげに開いた。

「兄君、先ほどわたしを探していたとおっしゃいましたが、何用あってのことです？　このようなお戯れを言いたいがための訪いでしたら、とっととお引き取りを」

「ん？　とっとと？　今、とっととって言ったか？」

「さっさと、の方がよろしかったですか」

檜扇を優雅に開いて見せながら、紗那王がしれっと言ってのけた。

「……鷹一郎。聞いたかね、紗那王のあの意地悪な物言いを。膝の上で泣きながらお漏らししていた弟に、よもやこのような態度を取られるとは。あぁ、情けなや」

松寿王が袖で涙を拭う仕草をすると、鷹一郎も真似して目頭を押さえた。

「わかりますよ、松寿王。わたしもね、昔は一緒に風呂にも入った桐緒が、最近では着替えすら見せてくれないんですよ。悲しいじゃありませんか、兄なんて」

「わかる、わかるぞ、鷹一郎」

「わかってくれますか、松寿王」

がっしりと肩を抱き合っておいおいと泣く兄ふたりに、桐緒は呆れて物が言えなかった。ふたりともどこまで本気でやっているのかわからない。

この茶番劇を前にして、紗那王が珍しく声を荒げた。

「それで、兄君！　ご用件は！」

「いや、何、用件というほどのことではないのだけれどー」

「けれど？　けれど、なんですか？」

露骨に嫌な顔をする紗那王に、松寿王が観念したように首を竦める。

「実は、お前に頼みたいことがある。いやいや大したことではない。野狐狩りだ、野狐を一匹狩って欲しいのだよ」

「野狐を？　兄君の群れのですか？」

「群れから逸れたのはもう三年くらい前のことだ。たかが野狐一匹と思い捨て置いていたのだが、近ごろ、妖力の弱い狐を殺して妖気を集めているという噂を聞いた」

話を聞くなり、紗那王の顔が険しくなった。

「兄君、群れの統制は親王の責務ではありませんか。そのように長いこと放置した野狐、どこでどのような悪事を働いているか知れたものではありませんよ」

「だから、こうしてお前に頼んでいるのではないか。群れを治めさせたら一族一と誉れ高い紗那王だ、逸れた一匹を狩ることぐらい造作もないことであろう？」

甘えるように両手をこすり合わせる松寿王を、紗那王は上目遣いに睨んでいた。その吊り上がった眉を見る限り、この頼み事が松寿王が言うほど簡単ではなさそうだということが、うっすらながら桐緒にもわかった。

紗那王がため息混じりに引き受けた。

「わかりました。見つけ次第、兄君のもとへ送り返しましょう」

「いや、帰参は許さん。殺せ」

　事も無げにそう命じたこのときの松寿王は、それまでののほほんとした顔と違って、桐緒の背中が粟立つほど酷薄な表情だった。

　紗那王が、ちらりと桐緒を見遣る。

「送り返します。始末なさりたければ、兄君がご自分でなさいませ」

　早口にそれだけ言うと、弟は兄からこれ以上の面倒を押しつけられるのを拒むように、檜扇を打ち鳴らした。

　それを受けて、一斉に庭木の下闇や軒先の暗い辺りがざわつき出し、いつからそこにいたのか、すうっと滲み出るように平伏する男たちの姿が現れた。

　男のひとりが畏まって前に進み出る。

「紗那王さま、お久しゅうございます」

「木隠か。松寿王がお帰りになられる、お送り申し上げよ」

　木隠という名前は、紗那王が松寿王に盗られたという烏天狗ではなかったかと思い、桐緒は伸び上がって男の顔を見た。それは見目麗しい美青年だった。

「待て待て、兄は今夜はここに泊まるぞ。鷹一郎と飲み明かすのだ」

松寿王が駄々をこねる。

「それほどにこの安酒がお気に召したのであれば、後ほど角樽で献上いたしましょう。ですので、どうぞ心置きなくこの場はお引き取りを」

「嫌な感じだねぇ。お前、そうまでしてこの兄を追い返したいのか？　ならば、力ずくで追い返してみるがいい」

挑発する松寿王の目は、金色に光っていた。向かい風に暴れるように、金色の髪が逆立つ。

「いいでしょう、お相手いたします」

対峙する紗那王の目もまた、銀色に光っていた。どちらも凄まじい妖気だった。屋敷の屋台骨がかたかたと揺れるほどに。

「ま、待ってよ、紗那王！　兄弟喧嘩はよくないって！」

「馬鹿たれ、桐緒。おふたりの邪魔をするな」

化丸に袖を踏まれて桐緒が振り返ると、化丸も鷹一郎も、妙にわくわくとした顔で座布団を頭から被っていた。

「兄上、ナニ楽しんでんですか！　家が壊れてもいいんですか！」

桐緒は木隠をはじめとする庭で平伏する男たちにも仲裁を頼んでみたけれど、いつものことですから、と傍観することを勧められた。なんて無責任な従者たちなのだ。

「勝負だ、ひーちゃん！」

叫んだ松寿王が、えいっ、とばかりに右手を振り下ろした。放ったのは稲妻か狐火か……その、どちらでもなかった。

「と、とんとん相撲!?」

飛び出た土俵と力士に桐緒が腰を抜かしていると、松寿王は偉そうに腰に手をあてて、胸を反らせた。

「紙相撲で結びの大一番だ！　さーぁ、ひーちゃん！　好きな方の関取を選べ！」

「ご冗談を」

ほとんど無視に等しい。紗那王が軽く檜扇を上下させると、土俵は朴の葉っぱに、力士は季節外れのどんぐりに変じた。

「あれぇ、とんとん相撲は嫌いか？　小さいころ、よく遊んだのに。ならば！」

えいっ、とまたしても松寿王が右手を振り下ろすと、今度は双六が飛び出た。

「はっはっは、西海道双六だ。先に宮京へ到着した方が勝ちだぞ。いざ、勝負！」

この騒ぎに、庭のあしびかあけびのどちらかが、コケーッと鋭く夜鳴きをした。

結局、とんとん相撲でも西海道双六でも、松寿王は紗那王に勝てなかった。また来るぞ、きっと来るぞ、絶対来るぞ、と三段階に念を押して大勢の眷属を従えた松寿王が闇に消えるのを見送ったら、桐緒はどっと疲れてしまった。

なんだか今日は一日、いろいろあった。すぐにでも布団に横になりたかったけれど、まだちゃんとごめんねとありがとうを言っていないことを思い出し、桐緒は寝るのは後回しにして、紗那王を探した。

紗那王は、夜風の冷たい縁側に腰をかけて、月明かりに長い影を落としていた。夜空を見上げて、じっと目を閉じている。

その横顔の、なんてきれいなこと。顎から一筆書きのように下りてくるわずかに膨らんだ喉仏の線が、匂うような男振りだった。

桐緒が黙って隣に腰を下ろすと、紗那王がゆっくりと目を開いた。

「何してたの？」

「月輪観を」

「ガチリンカン？」

「月を見て、月を心に観想していた」

「あぁ、瞑想ね」

「ただの瞑想とは少し違う。月と闇は妖気の泉だ。闇を怖れ、陽を生命の泉とする人族には、わからぬこと」

「……そうだね、あたしは狐のことを何も知らない。あたし、紗那王のこと誤解してた」

言葉を選ぶようにしてぽつぽつ語る桐緒を、紗那王は首を寝かせて見ていた。

「千両箱のこと、疑ってごめんね。勝手に早合点して、あたし、すごくひどいこと言ってしまった。あとで兄上から朧小僧の話を聞いて、慌てて紗那王のこと探したんだよ」

「そのころ、わたしは道場の屋根にいたな。千両箱がどこから投げこまれたのかが知りたくて、化丸に瓦を剝がさせていた」

「馬鹿だよね、あたし。そうとも知らずに、門を出た偽者の紗那王をどこまでも追っかけて行って、挙句、襲われてるんだから」

桐緒は改めて黒いぶよぶよを思い出し、急に背中が寒くなった。なんであんなのに襲われなくてはならなかったのだろう。

「紗那王の天尾移しの刀があって助かったよ。妖魔と対等に戦えるなんて、すごいしっぽね」

「やはり、あれは牙を剝いたのだな」

「え、何？」

紗那王が何か言い澱んだ。

「いや。お前に大事がないなら、それでよい」

このときの自分を見る紗那王の目がいつになくやさしいような気がして、桐緒は少し胸が高鳴った。コヅカ原で感極まって紗那王に抱きついてしまったことも、今にして思えば、なんて大胆な行動をしてしまったんだろうと顔が赤らむ。

桐緒はそんな気持ちを気付かれまいとして、声を張り上げて話題を変えた。

「そうだ、紗那王にお兄さんがいたなんてびっくりよ」

「松寿王は金毛九尾の狐だ」

「へぇ。だから、金色の髪なのね」

「一族の時期大王として、あれでなかなかの切れ者だぞ」

兄を語るときの紗那王は、非常にわかりやすくていい。あまりにも不愉快そうなので、桐緒は思わず笑ってしまった。

日ごろ、高飛車な紗那王も、松寿王の前ではまるっきり子供扱いだ。兄は弟をからかうことを楽しんでいるみたいだった。

「そうだ、ねぇ、野狐って何？」

桐緒の問いに、紗那王は晴れない顔で腕を組んだ。

松寿王は、殺せ、と言っていた。そのときの目を思い出すとゾッとする。

ふざけたことばかり言っているように見えて、松寿王の気位の高さはもしかしたら、紗那王以上なのかもしれない。

「野狐は、霊狐の中でも最下位の狐のことだ。王族は己れを長とする群れを持ち、その下にあまたの狐を支配している」

「紗那王も、群れを持ってるの？」

「あぁ、この江都のあらゆる家に散っている。それらを監視し、統裁するのもまたわたしの役目だ。群れから逸れるような野狐は、大抵は霊狐としての誇りを忘れ、人の心の隙間に憑けこんでは弄ぶだけの愚かな妖魔に成り下がっている」

早々に見つけ出して狩らねばならぬが、と紗那王が唸るようにため息をついた。

「それは、難しいことなの？」

「下級の狐の匂いは有象無象の妖魔と区別がつかぬ。それも群れから離れて久しいとなればなおさらのこと。……まったく、兄君らしい。会えばいつも、面倒ばかり押しつけてくる」

紗那王がぼやきながら、月を見上げた。

町はひっそりと眠りの海に沈んでいた。酔って気持ちよくなった鷹一郎はとっくに楽しい夢の中、千代も細い首を枕に遊ばせていることだろうし、化丸は紗那王の部屋で布団でも敷いているころかもしれない。

風が梢を揺らす音と、桐緒と紗那王のふたりの息遣いのほかは、なんの音もしない夜だった。

しばらく沈黙が続いて、不意に紗那王が言った。

「桐緒、千両箱のことだが、朧小僧というのは、何者だ？」

「んー、あたしもよくわかんないんだけど、業突く張りな商人や権力者から奪ったお金を、貧しい町人たちに分け与える義賊らしいよ。町人たちの英雄なんだって」

「片腹痛いな。義賊も盗賊も、所詮はひとつ穴の狢であろうに」

桐緒は相槌を打った。紗那王と自分が同じ考えなのがうれしかった。

「ねぇ、紗那王、約束守ってくれてありがとね」

「約束？」

「うん、盗みと殺しはダメって約束」

もう自分の狐を疑うようなことはしないと、桐緒は心に誓っている。

紗那王が自分をまっすぐ見つめていてくれているように、自分も紗那王をまっすぐ見つめ返すことから始めたいと思う。

「……あのさ、これからもウチにいてくれるよね？」

「昼間は出て行けと言われたと思ったが」

「だから、それはごめんって。油揚げ、欲しいだけあげるからこの家にいて」

「それは、憑き主として命じているつもりか？」

「違うよ、約束。ふらっと出て行ったりしないで」

桐緒が袖を摑んで懇願すると、紗那王が愛でるようにその髪を撫でて寄越した。そう言えば、紗那王はよく桐緒の髪に触れたがる。

「お前の髪は、きれいな黒髪だな」

「そう？　あたしは紗那王の銀色の髪の方が好きだけど」

言ってしまってから、桐緒は恥ずかしいことを言ったかもしれないと気づいて赤くなった。

「桐緒、もしもまた何かあったときは、わたしが必ずお前を護ろう」

それは桐緒にというより、紗那王が自分自身に言い聞かせているような言葉だった。

「うん、頼りにしてるから」

「それと、覚えておけ。わたしは油揚げは好きではない」

風が流れて、紗那王の銀色の髪が月明かりに長く舞う。

ふたりはその夜、いつまでも並んで月を見ていた。

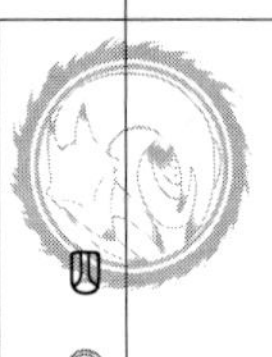

四 ◎ 人騒がせな兄

翌日は、強めの南風が強く吹く朝になった。春先は春嵐と呼ばれる風の強い日がたまにあるけれど、今日がまさにそんな日和だ。

この日、砂ぼこりでざらざらとする道場を締めきって、桐緒は朝からひとりぽつんと膝を抱えて、ずっと後悔していた。

せっかく紗那王との誤解が解けて今日からは晴れやかな気持ちで過ごせるはずだったのに、今度はなんと、千代と喧嘩してしまったのだ。

（あたし、サイテー……）

千代を泣かせてしまった。つい、声を荒げてしまった。

きっかけは、些細なことだった。

ふたりが言い争いになったのは、朝餉の支度の前のことだ。台所に顔を出した千代に、包丁を研いでいて怪我してしまったという左手が心配だったので、今日からしばらくは炊事と剣術の稽古はしないようにと、桐緒は言った。

「水に濡らして破傷風にでもなったら大変だし、木刀握って傷が開いても困りますからね」

「大丈夫です。これぐらいの傷、怪我のうちに入りませんから」

「ダメダメ。ちゃんと養生しないと」

「大丈夫です、朝餉の支度を手伝わせてください」

こういうとき、頑固な千代はなかなか引き下がろうとしなかった。ならばと思い直して、桐緒は炊事ではなく、簡単な家事をお願いすることにした。

「それじゃ、兄上の擦り切れた着物に継ぎでも充ててやってくれませんか。あたし、お裁縫って苦手で。あ、料理も苦手なんですけどね」

けれど、千代の反応は思いがけないものだった。

「桐緒さんはどうして、こうもやさしくしてくださるんですか」

「え？」

「どうして、そう、他人のことばかり案じることができるんですか」

「だって」

「もう構わないでください。わたくしの命など、どうせ仇討ちを遂げましたら消えてなくなるものなのですから！」

「お千代さん！　怒りますよ、そんな言い方！」

怒鳴った桐緒を、千代が強い眼差しで見返していた。包帯を巻いた手を握り締める千代は、どうにも苛々しているみたいだった。

「お千代さん、ごめんなさいね、昨夜は急なお客さんなんか連れて来ちゃったから、あんまり眠れなったんじゃないですか。少し、休んだ方がいいですよ」

「必要以上の情けはかえって迷惑です。決心が……鈍ります！」

「なら、やめたらいいじゃないですか、仇討ちなんて」

そうだ、やめればいい。人を憎む気持ちは心を荒ませるだけだ。千代のこんな風に苛立った顔を、桐緒は見たくなかった。

「お千代さん、剣が上達しないからってあせってるんですか？」

「そういうわけでは……」

「ぶっちゃけ、あたしはお千代さんの剣の腕なんかどうだっていいんです。お千代さんには剣術なんか似合いませんよ」

千代が責めるように上目遣いになるのを無視して、桐緒は言い募った。

「あたしは、人を殺したことがありません。だから、必殺の剣法がどんなものかは本当はよくわからない。だけど、悪党の手首を斬り落としたことならあります。そのときの返り血の温かさとか、骨を断ち切る重さとか……、仇討ちは軍鶏やマグロを捌くのとは違うんですよ」

「……わかっています」

「そうでしょうか。どんなに極悪非道なヤツでも、赤い血が流れているんですよ。敵と憎む人の返り血を浴びたときに、お千代さんは迷いなく立っていられる自信がありますか？」

桐緒の厳しい言葉にうつむく千代の姿は、今にも首が折れて散ってしまいそうな椿の花を思わせる。桐緒は改めて思った。こんなにか弱い千代に、剣術なんかできっこない。

「あたしはね、お千代さんとは木刀を合わせるより、一緒に卵を拾ったり、お風呂に入ったり、おやつに甘いものを頬張ったり、そういう普通のことしてる時間の方が好きだな。情けとかそんな立派な志で言ってるんじゃないんですよ」

ただ、心配なだけ。どうしたらそれを、伝えることができるんだろう。

「きっと兄上は、もっと心配してると思います」

これを聞いて、千代の瞳が一瞬、揺らいだ。

「鷹一郎さまは……、人が好いから」

「そう思ってくれてるなら、兄上のためにも投げ遣りにならないでください。あなたは、生きていかなければいけない人だと思うんです。あなたが死んでしまったら、誰が妹さんのことを思い出してあげるんですか」

このとき、ぱっと見開いた千代の両目が、滴るほどに湿った。

「あ、ごめんなさい！　あたし、なんか偉そうなこといっぱい言っちゃったけど……」

（バカバカ、ナニ熱くなっててんだっ）

頭に血が上ると、つい自分の物差しで人の心を測ってしまうのが自分の悪いところだ。

桐緒は千代に声を荒げてしまったことを、とてもとても反省した。

戸が開く音がして、道場にまぶしい陽射しが差しこんで来た。目を細めて見遣ると、紗那王だった。

「桐緒、ここにいたのか」

「鷹一郎が昼餉はまだかと騒いでいたぞ」

「勝手に台所にあるもの食べてって言って。あたし、お千代さんと顔会わせづらいから」

「まだそんなことを言っているのか」

衣擦れの音も雅やかに道場に足を踏み入れた紗那王が、膝を抱えて悶々としている桐緒の隣に腰を下ろした。汗臭いことを嫌う紗那王が道場にやって来るのは珍しい。自分を心配して来てくれたのかと思うと、それはうれしいことだった。

「どうしよう、紗那王。あたし、お千代さんに嫌われちゃったかな」

「千代がやって来て半月近くになる。あやつなりに、そろそろ思うところがあるのではないか」

「……ん、そうだね。気持ち、ずっと張り詰めてたみたいだったしね」

喧嘩のあとの朝餉では、千代はまたいつもの千代に戻っていた。今ごろは、自分の部屋に引きこもって、鷹一郎のために針をちくちくと動かしてくれていることだろうか。

疲れが出て来る頃合いなのかもしれない。怪我は不幸中の幸い、しばらくのんびり休むのはいいことだと、桐緒は自分に言い聞かせた。

「あとでもう一回、お千代さんに謝ろう」

「気が済むようにすればいい」

突き放すような言葉だったけれど、紗那王の声はやさしかった。

ほどなくして、さて、と紗那王が裾をパンッと叩いて立ち上がったので、桐緒は紗那王に向かって両手を差し伸ばした。

「あたしも戻る。引っ張って立たせて」

「甘えるな」

「ケチッ！」

よくこうすると鷹一郎は引っ張ってくれるのに、狐は冷たい。なんてことを桐緒が思い、伸ばした腕を引っこめようとしたとき、ぐっと紗那王に両手を摑まれた。

そのまま強く引かれて、桐緒は立ち上がった。その腕の力があまりにも強かったので、立ち上がった勢いで桐緒はよよっと紗那王の胸にまで飛びこんでしまった。

「あっ、ごめん」

すぐに桐緒は離れようとしたけれど、紗那王は摑んだ腕を離そうとしなかった。

「あ、あの、紗那王……」

春の強い風になびく紗那王の長い銀色の髪が、桐緒の頬にひたひたと触れている。

「……桐緒」

「は、はい」

何かを言いかけた紗那王が、ここでついと形のいい顎を渡り廊下に向けた。どっどっと床板を踏み鳴らして近付く足音が聞こえたからだ。

「おーい！　桐緒、いるかー！」

やって来たのは鷹一郎だった。半分戸を閉めきった道場内で、ほとんど抱き合うようにして腕を取り合っている桐緒と紗那王を見て、いかにも兄らしいいらぬ発言をする。

「ややっ！　おふたりさん、もしかして邪魔したか!?」

それに被るように、別の声がした。

「どうした、鷹一郎？　桐緒ちゃん、道場にいるんだろ？」

「ええ、藤真さま!?」

「桐緒ちゃん！　……おっと」

後ろから顔を見せたのは藤真だった。桐緒と紗那王のたたずまいを目の当たりにして、絶句する。

反射的に桐緒は手を振り解こうとしたけれど、紗那王は離さなかった。

「……あれが、藤真か」

と、桐緒にだけ聞こえるような小声で紗那王が平べったくささやいたとき、桐緒は自分で顔色が変わったのがわかった。

「鷹一郎、桐緒ちゃんと一緒の……あの人は？」

藤真の視線は、紗那王にだけ注がれていた。

「そうか、ふたりは顔合わせるの初めてか。藤真、こちらは紗那王。たぶん従兄弟だ。で、紗那王、こちらが藤真。ここだけの話、桐緒の初恋の相手だ」

「兄上っっっ！」

なんて空気の読めない里芋男なんだろうっ！

桐緒の手を離した紗那王の値踏みするように藤真を見る目は全然笑っていなかったし、藤真も疑り深い目で桐緒と紗那王を見ている。鷹一郎だけが何やらべらべらとしゃべっている中で、ほかは三人とも気まずく押し黙っていた。息が詰まりそうだと桐緒は思った。

そんな座がわずかに和んだのは、桜草売りの声が通りから聞こえたときだった。藤真が重苦しい雰囲気を打ち消すように、明るい声で話を変えてくれたのだ。

「そう言えば、鷹一郎、どこに千両箱が落ちてたんだって？」

「おう、あそこ。ちょうど今、桐緒が立ってる辺りだよ。いや驚いた、千両箱なんて初めて見たからな」

鷹一郎から昨日のお恵みの話を聞いていたらしい藤真は、朧小僧にとても興味を持ったようだった。町で英雄扱いの義賊からお恵みを受けるなんて風祭道場も出世したね、と笑っていた。

「それで、千両箱はどうしたのさ？」

「自身番に返してしまったよ」

「なんだ、もったいない。鷹一郎はそういうところが石頭なんだよな」

「実は後悔してる。あれがあれば壊れて外れたままになっている厠の扉を直すことができた」

「小さいなぁ、そんなことでいいのかよ」

藤真が呆れ顔になる。

「そんなんだからこの道場はいつまでたっても貧乏なんだよ。世の中、お金だよ。お金さえあればなんでもできるんだから、もうちょっとうまく立ち回れよ。桐緒ちゃんがかわいそうだ」

「いえ、あたしは貧乏でも、楽しければそれで……」

自分を思って言ってくれている藤真の言葉を否定したくはないけれど、お金がすべてだとは思わない桐緒は、控えめに反論した。兄や千代や、ついでに狐や猫やちっちゃい妖魔たちと賑やかな毎日をこれからもずっと楽しく過ごせれば、それでいいと今の桐緒は思っている。

そんな桐緒に、藤真が重ねて言った。

「大丈夫、桐緒ちゃんはお金の心配なんてしなくていいよ。わたしがきっと幸せにしてあげるから。欲しいもの、なんだって買ってあげるから」

紗那王はこれを、表情のない冷たい横顔で聞いていた。

「やい、男女！　紗那王さまと肩を並べて歩こうなんて百万年早いぞ、三歩後ろを歩け！」

「ねぇ、紗那王、お腹空いたね。お花見の前にうなぎでも食べない？」

「って男女ァ!?　華麗に無視するなっ、祝ってやるぞ！」

「そこ、呪ってやるの間違いだと思うんだけど」

藤真が道場にやって来た同じ日の午後、桐緒は紗那王と化丸と三人で、花見をしようとウエ野寛永寺に向かっていた。その道すがら、真ん中に紗那王を挟んで、桐緒と童形姿の化丸は例によって低次元の内容で言い争っていた。

それまで黙ってやりとりを聞いていた紗那王が、右と左でやいのやいの言われることに次第に痺れを切らしたのだろう、強い春風に巻き上がる髪を押えてはたと立ち止まる。

「……化丸」

「はい、ただいま！　この男女めを、今すぐアンコウの吊るし切りにしてご覧にいれます！」

「暇を持て余しているなら、姉君のところへ使いに立て」

「は？　翠蓮王さまのところへ？」

「昨夜の松寿王の一件、野狐狩りには姉君のご助力も願いたい」

「ニャるほど！　畏まりました！」

　どう考えても体よく追い払われただけのような気がするけれど、化丸は紗那王から仕事を申し付けられたことを素直に光栄に思ったらしく、頼もしく胸を叩くと一目散に西へ向かって駆け出していった。

「あーぁ、行っちゃた。元気ねぇ、子供は」

　桐緒は化丸のちっちゃな背中が見えなくなるまで見送っていたけれど、紗那王はさっさと歩き出していた。紗那王は足が長いから、歩くのが速い。桐緒は離れないように、小走りになって追いかけなければならなかった。

「待ってよ、ねぇ。紗那王にはお姉さんもいるんだ？　スイレン王は今、どこに憑いてるの？」

「鳴田屋」

「鳴田屋？　え、もしかして市河デンジュウロウのこと？　江都一番の大看板だよ!?」

　鳴田屋と言えば歌舞伎界では名門の家柄だ。一年で一千両は軽く稼ぐ人気役者が名を揃えている。それがよもや狐憑きの家だったとは……。

「すごいんだねぇ、ほんとにお狐さまの力って。参りました」

「そんなことより、よいのか」

　と、紗那王が黒髪をなびかせて振り返った。めったに外を出歩くようなことをしない紗那王だけれど、たまに出るときは目立たないようにこうして黒髪姿に化けている。

「道場へ帰ったらどうだ？　ご執心の藤真が持って来た反物ではないか、意地を張らずに選んでやればよい」

言葉の割に、紗那王の態度は意地悪ではなかった。むしろ少し、戸惑っているようだった。

「……意地なんか、張ってないよ。着物なんか、いらない」

「見事な絹織物だったではないか」

「だからよ。藤真さまの気持ちはすごくうれしいんだけど……、会うたびにお金や高価な贈り物をもらうのは、ちょっと気が引ける」

今日も藤真は、金子はもちろん、桐緒のために異国渡りの目が飛び出るほど高そうな反物をいくつも持って来た。春用に着物を新しくあつらえてくれるというのだけれど、貧乏道場の自分にはあまりにも不釣合いな上質の絹織物を前にして、桐緒の腰はすっかり引けてしまった。

むしろ、今日の藤真は怖いとさえ思った。

世の中、お金だよ。お金さえあればなんでもできるんだから――。そんなことを藤真が口にするなんて思っていなかったから。

「あの男は、いつもあぁなのか？」

「兄上には言ってないんだけど、ここのところ会うたびにお金をくれるの。舶来品の小間物や化粧品もたくさん買ってくれるし。まぁ、ご老中お抱えともなれば実入りがいいから」

藤真は、桐緒の父の無二の親友の忘れ形見だ。藤真の父という人は親の代からの浪人暮らしではあったものの、剣の腕にはかなり覚えのある人物だったらしく、桐緒の父とは切磋琢磨する間柄だったそうだ。

その父が、藤真がまだ五つのときに、刃傷沙汰の仲裁に入って逆に斬り殺されてしまったのだと桐緒は聞いている。その日以来、大黒柱を亡くした沢木家は、言葉では言い尽くせない苦労を抱えることになった。裕福な商家に住みこみで働きに出た母が慣れない重労働からぽっくりと逝き、ひとり息子だった藤真は親戚筋を盥回しにされ、苛められ……。

それを憐れんだ桐緒の父が、藤真を陰日なたに支え、食べる物から着る物から何かと援助してあげていたというのが真相だ。

「昔はウチだってそれなりに門人さんがいたから、そこそこ羽振りもよかったのよ」

「想像もつかぬな、今の没落振りからは」

「父上と母上が亡くなってからよ、櫛の歯が欠けるみたいにみんないなくなっちゃったのは」

「それで、藤真だけがお前たちのそばに残ったというわけか」

「昔の恩を忘れてないんだと思うよ。父上、藤真さまのために剣術で身を立てられるような仕官先を随分探してあげてたから。病の床に寝ついてからも、そればかり気にかけてたな。兄上には道場を残せるけど、藤真さまには何も残せないって」

藤真がご老中お抱えの剣術指南として仕官が叶ったのは、父が眠るように息を引き取った、すぐあとのことだった。

「結果的には、まぁ、道場を残された兄上よりも、藤真さまの方が剣術家としては全然出世したわけなんだけどさ」

「そうか」

それきり、紗那王はもう藤真のことには触れなかった。

紗那王らしいと思った。この距離感が心地いいから、今日の桐緒は紗那王のそばにいたいと、そう思ったのだ。

ふたりは阿佐草寺門前の広小路でおそば屋の暖簾を揺らし、お腹を満たしてから、気が早い花見客で賑わうウエ野のお山へと入った。

ここ寛永寺は、江都一番の桜の名所だ。彼岸桜、都桜、山桜、秋色桜など、咲く時期の異なる桜を山内の至るところに植えてあるので、春の長い期間、花見を楽しめる場所だった。

「きれい！　あたし、お花の中で桜が一番好き！」

「では、庭に一年中散らない桜を植えてやろうか」

「そんなことできるの!?」

「お前が望むなら」

「散らない桜かぁ。でも、いいや。桜は、散るからこそきれいなんだもん」

「お前らしい。そう言うだろうと思った」

子供を褒めるみたいに、紗那王が満足げに言う。褒められることは、いくつになってもうれしいことだ。なんとなく気恥ずかしくて、桐緒は両手を広げて桜を仰ぎ見た。

「ねぇ、紗那王。桜の木の下って、妖魔の世界に繋がってるのかもしれないね」

「ほう、なぜそう思う？」

「父上と母上が亡くなったときにね、あたし西へ西へ歩いてみたことがあるんだ。ほら、極楽浄土って西方にあるって言うでしょ？　だから、西を目指して歩いていれば、いつか父上と母上に会えるんじゃないかなって、思ったんだよね」

「いつもながらお前の考えることは面白いな」

「だけど、志奈川まで来たところで日が暮れ出して、急に怖くなっちゃったんだよね。このままあたしがいなくなったら、兄上はどうなるんだろうって。自分、何やってんだろうって」

　気付いたら、桐緒は桜の木の下にうずくまってわんわん泣いていた。途方に暮れていた。

　そんな桐緒を包みこむように、桜吹雪が湧き上がった。

「右も左もわからなくなるほどの風と花びらだったな。だけど、不思議と怖くはなかった。何かが……見えない誰かが、あたしの手を引いてずっと一緒に歩いてくれてたから。ようやく桜吹雪を通り抜けたとき、あたし、どこにいたと思う？」

　さぁ、と紗那王は桜を見上げた。

「家に戻ってたの、庭の桜の木の下にいたの。ねぇ、あのとき手を引いてくれてたのは父上か母上だったんじゃないかって、思ってるんだけど」

「……お前がそう思ったのならば、そうなのであろう」

「ほんと？　そう思う？　あ、これ、兄上には内緒ね。極楽浄土を探しに出かけたなんて言ったら怒られるから。あたしたちだけの秘密」

秘密、という言葉が子供っぽいとでも思ったのか、紗那王は柄にもなく顔いっぱいで笑っていた。その瞳が、今まで見たどのときよりも穏やかな色に見えたのは、麗らかな陽射しの下にいるせいだろうか。

「桐緒、手を出せ」

「え、手？」

差し出すと、桐緒の手の上で、紗那王が水を掬うような仕草をした。すると、たちまち、その手から桃色の雫が溢れ出した。万華鏡のような不思議な模様となって、溢れては風に舞い上がる花びら。まるで、あの日見た桜吹雪みたいに。

「わっ、桜の花びら！」

「桐緒。お前が桜を見たいと言えば、夏でも冬でも何百、何千本でも与えよう。お前に望まれれば、わたしはなんでもしてやる」

「うん、ありがと」

桐緒は紗那王の手にそっと触れてみた。その手にはどこか、懐かしい温もりがあった。

そんなふたりのすぐ横を、おしゃべりに花を咲かせている長屋暮らし風のおかみさんたちが通り過ぎて行った。

「朧小僧が二人組って話、本当なのかねぇ」

「どっちだっていいのよ。朧小僧があたしら貧乏人の味方ってことには変わりないんだから」

この会話に、ちょっぴりいい雰囲気になっていた桐緒と紗那王は、思わず顔を見合わせた。

ほとんど何も考えずに、桐緒はおかみさんたちを呼び止めていた。桜の花びらに酔っていた心が、急に目覚めた気分だった。

「あの！　今のその朧小僧の話、もっと詳しく聞かせてくれませんか」

「え？　あら、いい男」

おでこに黒子のある小太りのおかみさんは、振り返りざま、紗那王を見てそう口走った。もうひとりの痩せぎすなおかみさんも、口を開けて紗那王を見上げている。

「今ちょっと、擦れ違いざま、朧小僧が二人組って聞こえたんですけど」

桐緒がそう訊くと、紗那王から視線を移したおかみさんたちが、ええ、と首を縦に振った。

「なんでもそんな噂ですよ。おまささんが見たんですって」

「だけど、あの人は口ばっかりだよ。ホラだと思うね、あたしは」

痩せぎすのおかみさんが言うことには、煮売り屋のおまさという人が、ある夜、逃げる朧小僧の後ろ姿を見たと近所に言いふらしているそうで、それがなんと二人組だったらしいのだ。

「でもさ、おつるさん。もしこの話が本当だとすると、ふたりのうちどっちが『朧小僧』なんだろうね。もうひとりは何小僧なんだろうね」

「いいんじゃないの、ふたりまとめて朧小僧で。朧の夜空を屋根から屋根へ、長屋の路地に小判を降らし。なぁんて、まるで芝居みたいだよねぇ」

さらに驚いたことに、おかみさんたちがポロッと口にした話では、朧小僧は殺しも働く盗賊だというのだ。

「殺しって、え、だって朧小僧は義賊なんでしょう⁉」

「ええ、義賊ですよ。貧乏人の味方ですから」

痩せぎすのおかみさんが悪びれもせずに言う。被害者はみんな殺されても文句言えないような業突く張りな連中だからいいんですよ、と。

「紗那王、今の話……どう思った？」

おかみさんたちと別れてから、桐緒は震える声で紗那王に問いかけた。

桐緒はてっきり、義賊と謳われているくらいだから、朧小僧というのは誰も殺めないで金品だけを奪う盗賊なのかと、勝手にそう思いこんでいた。手向かえば、主から奉公人まで揃って皆殺しにすることもあるという話を聞いて、自然と眉根が寄るのが自分でもわかった。

「朧小僧が二人組という話か。それとも、殺し云々の話か」

「どっちも。二人組が本当なのだとしたら、どういう二人組なんだろう」

「人を殺めることも厭(いと)わない者たち、ということだな」

「やっぱりあの千両箱(せんりようばこ)は自身番(じしんばん)に返しておいてよかったね。そんな血塗られた小判、町の人たちはよくありがたがって懐(ふところ)にしまえるよ」

「この世の中で本当に怖いのは、妖魔(ようま)よりも人族(ひとぞく)ということだ」

紗那王は忌々(いまいま)しげだった。桐緒には、耳の痛い言葉だ。

「昼間は無口な大工なんかが夜になると義賊に変身、なんて勝手にあたし、想像してたのに」

「芝居ではあるまいし」

そうだね、と桐緒は答えて、散った桜を踏みしめて歩いた。

「ねえ、紗那王。気分直しに甘いものでも食べて帰ろうか」

「花より団子でこそのお前だな」

「そうだ、明日(あした)はお千代(ちよ)さんを誘ってウエ野(の)のお山に来よっと」

「好きにするがよい」

この日、家で何が起きているとも知らず、桐緒は随分とのんびり家を空(あ)けてしまっていた。

「兄上っ！　兄上っ、しっかりしてくださいっ！」

そぞろ歩きから桐緒と紗那王が家に戻ったのは、もう通りのそこここから夕餉の仕度のおいしい匂いがする刻限になっていた。その割に我が家はひっそりとしていて火の気がなく、どうしたものかと鷹一郎の部屋を覗いて、桐緒は息が止まった。

やわらかな西日が射しこむ畳に、兄が無防備に背中を晒していたのだ。本を読んでいた最中だったのか、開いたままの読み物が、風にぺらぺらとめくれていた。

「兄上ぇ！」

うつ伏せた身体をいくら揺すっても、鷹一郎が目を開くことはなかった。顔色は蠟のようだった。引き潮が何もかもを攫っていくときにも似た強い力に怯えながら、桐緒はひたすら兄を呼び続けた。

「兄上、兄上ぇ！　どうしよう、紗那王、何があったのよ」

「桐緒、少し落ち着け」

桐緒を脇へ追いやった紗那王が、鷹一郎を仰向けにして、膝の上に抱きかかえた。鷹一郎、と何度か呼びかける。

　それを、桐緒は焦点の定まらない目で呆然と見ているしかなかった。胸の前で握り締めていた手がぽつんと濡れたとき、焦点が定まらないのは、自分が泣いているからだとわかった。

「紗那王……、兄上、死んじゃうの？」

「桐緒」

「あたし、置いてかれるのはいやよ。ひとりになるのは……いや！」

「桐緒！」

　思ってもいなかった出来事に直面して度を失う桐緒を前にして、紗那王が語気を強めた。鷹一郎を畳に一旦下ろし、その手で桐緒の頰を強く押さえこむ。

「落ち着け、わたしが憑いている。お前は何も案ずることはない」

「兄上を……助けてくれる？」

「お前は少し離れていろ、そばにいると穢れが及ぶ」

「穢れ？」

「部屋の隅へ」

　口を挟ませない声音に桐緒が言われるがままに移動すると、紗那王はそれを見届けてから、手の平にふぅと息を吐いてひとつの狐火を浮かび上がらせた。青白い炎のそれを見つめる紗那王の目は、銀色に光り輝いていた。

　いつの間にか、騒ぎを聞きつけた反枕と家鳴たちが桐緒の周りに集まっていた。みんな心配そうに鷹一郎を見ていた。

「大丈夫じゃ、桐緒。紗那王さまに任せておけば大丈夫じゃ」

反枕が励ますように繰り返す。

集まった一同の視線の中で、紗那王が狐火を鷹一郎の顔の上にかかげた。途端、その手から狐火がするりと落ち、鷹一郎の口の中へと吸いこまれていった。すると。

「う、ん……」

「兄上っ⁉」

鷹一郎がぐっと目を瞑り、やがて開いた。

「兄上⁉ 桐緒です、あたしがわかりますかっ⁉」

「桐緒……」

駆け寄った妹を、兄が力ない眼差しで捉えた。それから、ゆるゆると黒目を動かし、自分を覗きこんでいるもうひとつの顔、紗那王に気づいて、恥ずかしそうに瞬きをする。

「なんだなんだ、オレ、何がどうしたんだっけ？」

「気分はどうだ、鷹一郎」

「気分？ そうだな、なんだか頭の芯が抜けた気分だ。ぼーっとする」

軽く頭を振りながら、鷹一郎がゆっくりと半身を起こした。

「よかったぁ、兄上ぇ。もぉ心配させないでくださいよぉ。兄上に何かあったら、あたし……」

桐緒は父上と母上の死顔を、久しぶりに思い出してしまった。横たわる硬い体軀。菊の花とお線香の香り。あんな風に誰かを葬送するのは、もう絶対にいやだと思う。

膝に取り縋って泣いていると、兄がやさしく頭を撫でてくれた。

「大丈夫だよ、お前をひとりになんかしないから。泣くなって、桐緒は男だろ」

「女ですぅ」

冗談を言えるほど調子を取り戻したということなら、安心できる。反枕や屋鳴たちもホッとしたように天井の中に消えていった。

「紗那王、なんだかわからんが助かったよ。ありがとう」

「鷹一郎、何があった？」

「オレが聞きたいよ。昼八つ（午後二時ごろ）の鐘で藤真が帰ったあと、部屋にいたら急に締め付けられるように胸が苦しくなって……」

そのまま意識を失っていた、と兄が硬い表情をする。

「兄上、もしかして癪とか労咳とか、あたしに隠して患ってる病があるんじゃ……」

「病というほどではないが、痔など少々」

「は？」

「ところで、鷹一郎。千代はどうした？」

とぼけ笑いの鷹一郎を軽くいなして、紗那王が切り返した。そう言えば、先ほどから千代の姿がない。

「お千代さんなら、あそこ」

鷹一郎が指差した廊下へ振り返ってみれば、西日を背中にした千代が障子に取り縋って、紙のように白い顔をして震えていた。

「すみません、わたくし……買い物に出ていまして」

「オレなら大丈夫ですから。そんな顔しないで、お千代さん。もう全然平気ですから」

壊れるんじゃないかと思うくらい激しく肩を震わせている千代に、鷹一郎の気遣いの言葉は届いていないようだった。千代はやさしい人だから、家を空けていた自分を強く責めているようだった。それとも、妹の死を思い出したか……。

桐緒は初めて、妹を亡くした千代の孤独を知ったような気がした。


紗那王の狐火を飲みこんだ鷹一郎は、あのあと、何事もなかったようにすっかり元気になり、夕餉にご飯を三倍もおかわりした。

それでもまだ桐緒は心配だったので、今夜は兄には大事をとってもらい、いつもより早めに布団に入るよう勧めた。

兄の部屋から縁側に出たとき、桐緒はふと、庭の桜を思い出した。昼間、紗那王と桜の話をしたせいかもしれない。急に思い出深い桜に触れてみたくなったのだ。

ところが、縁側から下駄を突っかけて庭に下りた桐緒は井戸のそばの桜の木の下まで行ってみて、首を傾げた。

桜が咲いてないのだ。ウエ野の桜はすでに三分咲きだった。それが我が家の桜はどうだろう、ヘソでも曲げたか蕾すら見当たらない。みんな鳥に食べられてしまった？

毎年、それはそれは見事な花を咲かせるのに。兄は倒れるし、桜は咲かないし、今年の春はなんだか縁起が悪い。

そう言えば、昼間、紗那王が『穢れ』がどうとか言っていなかったか。狐憑きになったことで、この家の歯車が悪い方向に動き出しているなんてことは……。

「紗那王、起きてる？」

母屋に駆け戻った桐緒は紗那王の部屋を覗いた。案ずるな、そんな言霊の宿った一言が聞きたかった。

けれど、部屋では駆け回っている三匹の家鳴と、翠蓮王の使いから戻ってきた白猫姿の化丸がじゃれ合っているだけで、狐の気配はなかった。

「化丸、紗那王は？」

「さぁ。月がきれいだから庭じゃニャいか」

家鳴の一匹をかぷりとくわえた化丸は、妖魔仲間と遊ぶことに夢中になっていた。

桐緒はもう一度下駄を突っかけて庭に下りた。十六夜の月が見事な夜だった。

「紗那王、どこ？」

何度か呼びかけた桐緒の目が、裏庭の竹林で紗那王を見つける。

紗那王は、千代と一緒だった。

「え、なんでふたりが一緒に!?」

とっさに、桐緒は納屋の陰に身を隠した。見てはいけないふたりを見てしまった気がした。

月明かりの下で、千代の頰は涙に濡れていたのだ。紗那王の言葉にうなずいたり、たまに、いやいやするみたいに首を振ったり。ただし、肝心のふたりの声は小さ過ぎて何を話しているのかまではわからない。

こんな夜更けに人目を忍ぶように裏庭で、それも泣いている女と男がする話というのは、どんな話が考えられるだろう？　千代は今まで、無愛想で近寄りがたい紗那王を避けているようなところがあった。少なくとも、桐緒の目にはそう映っていた。

(なのに。なんなの、これ……)

風雨に色あせた納屋の板壁に背中を預けている桐緒の足は、小刻みに震えていた。それは寒さのせいばかりじゃないと思う。受け入れがたいものを目の当たりして、身体が拒否反応を起こしているみたいだった。

盗み聞きは悪いと思いながらも、桐緒は声が聞こえそうなところまでにじり寄った。聞いてどうしようというのか、聞かない方がいいのはわかっているのだけれど……。

が、あと少しというところで、突然、紗那王の足元にぎらりと不気味なふたつの赤い何かが光り、闇の一部が剝がれるように動いた。いつぞやの、紗那王の使い魔だというカラスだった。

「バカァ！」

という前にも聞いた一声がして、大きなカラスが桐緒の目の前を掠めて飛び去る。この物音に、紗那王と千代が示し合わせたようにこちらへ向き直った。

「あっ、ご……ごめんなさい！」

謝ることが今にふさわしいのかどうかはわからなかったけれど、桐緒はそう叫んで、走り出していた。とにかく急いでこの場を離れたかった。

部屋に駆けこんで布団を頭から被っても、桐緒の冷えきった身体はなかなか温まらなかった。胸のどこか手が届かない場所が、火を失ったように凍えていた。

千代はどうして泣いてたんだろう。紗那王の前であんな顔見せるなんて、ふたりは自分が思っているより、ずっと親しい間柄だったんだろうか。

そう思って改めて考え直してみると、紗那王はよく千代を見ていたような気がしないでもない。千代の方も、紗那王を避けていたわけではなく意識していただけなんじゃないだろうか。

（そうだ、お千代さんが初めて道場に来た日も……）

桐緒は気づいていた。一瞬、ふたりが視線を絡ませていたことに。

なんだろう、この気持ち。何がこんなに悲しいんだろう。

千代を紗那王に取られたから？

それとも、紗那王を千代に取られたから——？

＊　＊　＊

「あれれ？　卵がないぞ？」

翌朝、あしびとあけびの小屋の中のどこをほじくり返しても、卵は見当たらなかった。

「おかしいな。いつも最低一個は産んでるのに」

かがみこんで探していると、ドカッとお尻を小さな足に蹴飛ばされ、桐緒は鳥の糞でいっぱいの藁の中に頭から飛びこんでしまった。

「ちょっと!?　何すんのよ、化丸！」

「でかい尻が目障りなのだ」

「言ったなぁ！　どうせあんたが卵を盗み食いしたんでしょ！　この泥棒猫！」

「ニャんだとぉ!?　オレさまは化猫だぞ、泥棒猫でも招き猫でも借りて来た猫でもない！」

きゃんきゃんと言い合うふたりの足元をコッコココッコと歩き回るあしびとあけびは、素知らぬ顔だった。化丸が食べたのではないとしたら、今朝は卵を産まなかったのだろうか。

「だいたい、なぜオレさまがお前の卵拾いに付き合わなけりゃならないんだ」

「だって、今朝はお千代さん、具合が悪いって……」

千代が起きて来なかったのだ。部屋を覗くと、風邪っぽいので今日は休ませてくださいと青白い顔で告げられた。

なんとなく、気まずかった。千代とは昨日の朝、喧嘩をしてしまったばかりだったし、夜は夜で紗那王とふたりでいるところを見てしまったし。

（もしかしてあたし、避けられたのかな……）

「桐緒、話がある」

と、紗那王に呼ばれたのは朝餉のあとのこと、桐緒が庭でひとり洗濯をしているときだった。

「訊かないのか、昨夜のこと」

紗那王が井戸の木枠にもたれて腕を組み、切り出した。桐緒は、どうにも紗那王の顔をまともに見ることができなかった。濡れた手を前掛けで拭きながら、別に、と小さな声でつぶやくのが精一杯で。

「わたしが千代と何を話していたか、知りたくはないのか」

「あたしには……関係ないことだから」

すると、紗那王が色気たっぷりの流し目で飾り糸の垂れる檜扇を開いた。

「なぜ、顔を背ける。悋気か」

「なんであたしが狐なんかにヤキモチ焼かないといけないのよ！」

「気になるのであろう、何を話していたか。ならば、千代に直接訊いてみればいい」

桐緒は、紗那王は意地悪だと思った。こちらの心の内をすべてお見通しでしゃべっている。

何か相談だろうか。だとしたら、どうして千代は、その相手に紗那王なんかを選んだんだろう。自分や兄上には話せないようなことだったんだろうか……。

「ところで、昨夜はわたしに用があったから、あんなところに現れたのではないのか」

黙りこんだ桐緒に、紗那王が庭を舞うちょうちょを目で追いながら水を向けた。

「あ……、うん、用ってほどのことじゃなかったんだけど」

「わたしを、探していたのであろう？」

声が聞きたかった。なんてことを今この話の流れで言うのは悔しかったので、桐緒はわざと愛想なく答えた。

「庭の桜のことを訊きたかったの。ウエ野の桜は咲いてたのに、ウチのは蕾すら付けないから」

「庭の桜がか？」

紗那王が顎を上げて桜の木を仰いだ。

「それと、兄上が倒れたときに穢れがどうとかって言ってたけど、それ、どういう意味？　兄上が倒れたのは妖魔の仕業ってこと？」

庭の桜を見遣ったまま、紗那王はしばし、美しい横顔で思案に耽っていた。美し過ぎて、何を考えているのかわからない面差しだった。

「お前が気に病むことは何もない。すべて、わたしに預けおくがよい」

桐緒に顔を戻したときの紗那王は、素っ気なかった。

「だけど、また兄上が倒れたりでもしたら……」

「それはないであろう。あれはもう、襲っては来るまい」

「あれ？　あれって？」

「お前は知らずともよいことだ。わたしが憑いているのだ、案ずるな」

案ずるな。

あぁ、そうだ。自分はこの言霊な一言が聞きたかったんだ。紗那王がそう言うんだから、その言葉を信じようと桐緒は思う。

この日、結局、千代は昼餉にも夕餉にも顔を出さなかった。鷹一郎がひどく心配している様子が、印象的だった。

千代が着こんでいた何か重い物を脱ぎ捨てたような顔で、いろいろとご心配をおかけしてすみませんでした、と台所へ顔を見せてくれたのは、翌日になってからのことだった。桐緒はたまらず、抱きついて泣いてしまった。

千代はやさしく背中を撫でてくれているだけで、何も言わなかった。桐緒ももう、何も訊かなかった。それだけで今は、十分だった。

中◎月のない夜

ガッ！

と、刃(やいば)が交わる重たい音がして火花が散った。間一髪(かんいっぱつ)のところで、桐緒(きりお)はかろうじて振り下ろされた鎌鼬(かまいたち)のような一撃(いちげき)を鍔元(つばもと)で受け止めていた。

道場での兄との稽古中(けいこちゅう)の話ではない。これは実戦だった。

月の出ていない、漆(うるし)を塗りこめたような闇夜(やみよ)でのことだ。桐緒は本(ほん)ジョ真津坂町(まつざかちょう)で、成り行き上、黒装束(くろしょうぞく)の男と切り結ぶことになった。左右を寺院の高い塀に囲まれた人気(ひとけ)のない場所での出来事だった。

どうしてこんなことになったのか、自分でもよくわからない。見て見ぬふりをすればよかったのかもしれないけれど、持ち前の怖いもの知らずな性格がそれを許さなかった。

千代(ちよ)と仲直りをした日から五日のちのことだ。

桐緒は午後から、二国橋(にこくばし)で澄田川(すみだがわ)を渡った本ジョ真津坂町にある父ゆかりの剣術道場へ向かうことになった。これはいつもは鷹一郎(よういちろう)が足を運ぶ出稽古なのだけれど、今日(きょう)に限って同じ日に別の道場から交流試合の助っ人を頼まれてしまったので、兄はそちらに馳せ参じることになり、桐緒が代理として出向くことになったのだ。

本ジョの道場では、むさくるしい鷹一郎ではなく桐緒が来たことで大歓迎された。稽古が終わった後は酒肴の用意まであり、帰るに帰れずに、桐緒は夜四つ（午後十時ごろ）近くなってからようやく帰路につく羽目となった。

その道中でのことだった。寺院の屋根を駆ける黒装束の男を、桐緒は偶然目撃してしまったのだ。男は、腕に四角い大きな箱を抱えていた。

（朧小僧！）

桐緒の頭の中にこの言葉がひらめいたときにはもう、後先考えずに叫んでいた。

「待ちなさい、朧小僧！」

この義賊は二人組だという話だったけれど、今、目の前にはひとりしかいなかった。

呼ばれた黒装束の男は、桐緒のこの声に義理堅くも立ち止まってくれた。呼ばれて止まるということは、やはりこいつが朧小僧なのだろうか。

男は暗闇の底に己れの逃亡を邪魔した声の主を見つけると、迷うことなく屋根の上から塀に飛び移り、ただちに桐緒の前に降り立った。抱えた千両箱を地に投げ捨て、息もつかせぬ速さで斬りかかって来る。

男が振り下ろす刀身には、血糊がべっとりと付いていた。

それをかわして、桐緒は再び叫んだ。

「お前が朧小僧なの？　その血は何よ？　どこに盗みに入って何人殺したの⁉」

しかし、桐緒のこの詰問をあざ笑うように、男がもう一度斬りかかって来たというわけだ。

凄まじい殺気だった。相手を斬り殺すこと前提の剣だった。

桐緒は相手の凶刃を刀の鍔元でどうにかこうにか受け止めたあと、跳ね返し、もう一度斬り結んだ。相手の動きが思いのほか速い。

こういう動きをする人と、以前どこかで仕合わせたことがあるような気がするけれど、今はそれを思い出している余裕などなかった。

二度目の鍔迫り合いは長かった。

相手の顔がすぐ目の前にあり、桐緒は視線を上げて男の顔を拝んでやった。

が。

顔を見た途端、相手の左腕にぐっと押し返され、桐緒は不覚にも大きく後ろに飛び下がることになった。動揺が柄を握る両手に伝わり、隙を作ってしまったのかもしれない。

「……あなたは……誰？」

その顔は、桐緒のよく知る人物にそっくりだったのだ。あるいは、暗かったので自分が見間違えただけかもしれない。きっとそうだ。

桐緒は男が手に提げている血糊の刀に視線を合わせ、すぐに逸らした。なんて禍々しい血刀なんだろう。

　しばらく無言のまま桐緒を見ていた男が、ジャリッと砂を踏み鳴らして血刀を正眼に構え直す。どうやら次の一撃で止めを刺そうという心積もりらしい。

「あたしを……斬るんですか？」

　桐緒の震える声に男の返事はなかった。狂気を宿した男の目は、桐緒のことをまるで知らないようだった。

　覚悟を決めた桐緒は、慎重に、相手と同じ構えを取った。

　ところが、そうしたところで、

「……ぅい、おーぅいっ！　男女ぁーっ！」

「えっ、化丸!?」

　背後から、声変わり前の甲高い声が届いた。

「帰りが遅いんで迎えに来てやったぞーっ！」

　桐緒が振り返れば、童形姿の化丸が一本道のずっと先で提灯を揺らしているのが見えた。

「化丸、来ちゃダメ！」

　叫んで、桐緒は逃げ道を確保するつもりで素早く男に向き直った。

　そして、息を呑む。

「……っ!?」

男の姿が、消えて無くなっていたのだ。寺院の庭からこぼれる夜桜の花びらが自分と男に踏みにじられた痕跡が残るだけで、投げ置かれていたはずの千両箱も消えていた。

「やい、男女！　こんなに遅くなりやがって、紗那王さまにいらぬご心配をおかけするな！」

「そんな……何よ、これ。化丸、あんた今、何も見なかった？」

「あん？　何もって何をだ？」

見てないならいいや、と刀を鞘に納めつつ、桐緒はなんだか悪い夢から目が覚めたような気分になった。今ばかりは化丸が来てくれたことに感謝したいと思った。

家に戻ってからも、さっき見た光景が意味するところが気になって、桐緒は何もかもが上の空だった。鷹一郎に出稽古はどうだったかと訊かれて、なんと答えたのかも覚えていない。千代が疲れたでしょう、とお風呂をうながしてくるのを右から左に聞いていた。

その夜、桐緒は布団の中で寝返りを打ちながら、いつだったかの千代の言葉を思い出した。

『今の方には、あの、あまりお近づきにならない方が……』

千代は、あの人を見て、そう言ったことがあった。

「お千代さんの敵って……、もしかして」

数ある江都の剣術道場の中から、千代はなぜ、風祭道場を選んだのだろうか。そんなこと、今まで考えてみたこともなかったけれど。

桐緒は粟立つ思いを必死に打ち消して、布団を頭から被った。

翌朝、桐緒は朝餉を済ませて洗濯物やら布団やらをずらりと庭に干したあとで、兄や紗那王の目を盗んで藤真の屋敷を目指した。

会って、どうしても藤真に確認しなければならないことがある。違うのならばそれでいい。むしろ、違う、知らないと言ってもらいたいがために、会いに行く。

風祭道場のある阿佐草シントリゴエ町と藤真の住む阿佐草今ド町は、走ればほんのすぐ、目と鼻の距離にあった。すぐに辿り着いてしまった屋敷を前にして、桐緒はまず深呼吸をした。

（悩むより訊くのが一番よ、桐緒）

自分で自分を励ましてから、桐緒は玄関ではなく、枝折り戸を開けて庭から邸内に入った。

広い屋敷だ。庭はそのまま澄田川に続いているので、川面を行く船頭の歌声が時おり、思いがけなく近くに聞こえて来る。ご老中お抱えとは言え、一介の剣術師範の屋敷とは思えないほど立派な母屋と手入れの行き届いた庭だった。

桐緒がこの屋敷に足を運ぶのは、藤真が心臓を無くして事切れているのではないかと思ったあの日以来のことだ。

百日紅の木に囲まれた池を回りこんだところで、桐緒は母屋の濡れ縁に腰かけている藤真を見つけた。藤真は澄田川からの汐の香りを孕む川風を受けながら、雀に米粒を投げていた。

「こんにちは、藤真さま」

「桐緒ちゃん!?」

声をかけると、いきなり庭に現れた桐緒に気づいた藤真はとても驚いたようではあったけれど、すぐにやさしい笑顔で隣へ手招いてくれた。桐緒の知っている、いつもの藤真だった。

「どうしたの、鷹一郎と喧嘩でもした?」

「いえ……」

「走って来たの? 汗だくじゃないか」

藤真が桐緒に手拭いを差し出してくれた。この日は確かに汗ばむ陽気ではあったけれど、桐緒のこれは走ったせいで浮いた汗と、緊張のせいで浮いた汗が入り混じったものだった。

「あのう、藤真さま。昨夜のことなんですけど……」

「昨夜?」

濡れ縁に並んで座って桐緒を見返す藤真は、子供みたいに首を傾げていた。

「……昨夜は藤真さま、どこにいらっしゃいましたか?」

ふと、自分は藤真の私生活の何を知っているんだろうという基本的な疑問が、不安という形になって急速に桐緒を襲った。実は何も知らないんじゃないんじゃないだろうか。自分の知っているこの藤真は、本当の藤真の姿ではないんじゃないだろうか。

「昨夜はわたしは家にいたよ」

「本当に？」

「なんでそんなこと訊くの？」

「藤真さま、昨夜は、本ジョ真津坂町には行きませんでしたか？」

「真津坂町？」

藤真が、俄然、鋭い顔になった。

昨夜、桐緒は本ジョ真津坂町で朧小僧と思しき男と刃を交えた。

その男の顔が、藤真に瓜二つだったのだ。

「桐緒ちゃん、昨夜は本ジョにいたの？」

「兄上の代わりに出稽古に出ていたので」

「そこで、何か見た？」

「い……え、何も」

口籠ると、いきなり藤真に強く両肩を摑まれた。

「イタッ」

「桐緒ちゃん。何、見たのさ？」

そう言って自分を覗きこむ藤真の目に宿るものは、昨夜の鍔迫り合いで見たのと同じ、狂気の炎だった。

(怖い……っ)

藤真の爪が肩に食いこんで痛かった。全身が総毛立った。

「い、痛いですっ、……藤真さま」

「そうだ、桐緒ちゃん。桜、見に行こうか。今年の桜が終わる前に、もうだいぶ散ってるかもしれないけど、ね、お花見しようよ」

藤真は笑いこそ浮かべてはいるものの、そこにもう木漏れ日のような温もりはなかった。

桐緒はイヤとは言えずに、藤真に言われるがまま船に乗って、澄田川を越えた。

澄田川を越えた桐緒と藤真は、桜並木が有名な澄田堤を歩いていた。もう二日三日前なら花見客でいっぱいだったはずのこの場所も、七割方散ってしまった今はさすがに人もまばらだ。

「ねえ、桐緒ちゃん。紗那王さんって何者?」

「えっ、紗那王ですか」

いきなり話を振られて、桐緒はしどろもどろになった。銀毛九尾の狐なんです、荼枳尼天の親王なんですって、そんな話をしても信じてもらえるはずがない。

「い、従兄弟、です。たぶん」

「知らなかったなぁ、鷹一郎や桐緒ちゃんにあんな男前の従兄弟がいたなんて」

口振りからして、藤真は桐緒を責めているみたいだったけれど、それ以上は何も訊かず、ふっつりと黙りこんでしまった。

澄田堤を歩きながら、桐緒は黙りこんだ藤真の刀ばかりを見ていた。昨夜の血刀は、この刀だったんだろうか。

今の藤真の目には、昨夜や先ほどのような狂気の色は見えない。それでも、桐緒は警戒を怠らなかった。肩にはまだ、濡れ縁で爪を立てられたときの痛みが残っていた。

やがて、どれぐらい歩いたころだろうか。

「ねぇ、桐緒ちゃん」

と、つと足を止めた藤真が、笑みを浮かべておもむろに桐緒に向き直った。

桐緒も足を止めて、背の高い藤真を見上げた。はい？　と。

その刹那、それは目にも留まらぬ速さで起きた。そのままの立ち位置で藤真が素早く刀を抜き払い、突然に桐緒目がけて振り下ろして来たのだ。

このとき、桐緒は驚くよりも先に身体が勝手に受身の反応をしていた。相手が柄に手をかけるのを見るや否や、自分も遅れを取ることなく鯉口を切っていた。

ガッ！　と刃が交わる重たい音がして火花が散る。昨日とまったく同じように、桐緒は鍔元でなんとか藤真の刃を受け止めていた。

「お見事。さすがは桐緒ちゃんだ、いい反応だね」

「……ふ、藤真さま」

「だけど、ひとつだけ忠告。真剣勝負のときは刀は受け止めるんじゃなくて鎬で受け流すんだ。受け流しからいかに速く攻めに転じるかが、生死を分けるよ」

的確な指導をくれると、藤真は何事もなかったかのように刀を納めた。その手が柄から離れるのを見るまで、桐緒は息すらできないでいた。

「桐緒ちゃん、昨夜、真津坂町でこんな風に誰かと斬り結んだの？」

「……え？」

「わたしに似た男と、刃を交えた？」

「藤真さま……」

「だけど安心して。あれは、わたしじゃないから」

「藤真さまじゃない？」

それじゃ誰なんですか、そう桐緒が食い下がったところで、堤下を行く桜見物の屋形船から、どっと笑い声が湧き上がった。見下ろすと、泥酔した若旦那風の男が半裸になって踊っているのが見えた。

「楽しそうだね、あの船の人たち。お蚕ぐるみで育った親の脛かじりがいいご身分さ。これだから金持ちは嫌いだよ、反吐が出る」

藤真の言葉は厳しく乱暴だった。そういうことを言う人じゃないと思っていただけに、桐緒の驚きは大きい。

「藤真さま、あの」

藤真さまが朧小僧なんですか。そんな質問が喉まで出かかっているというのに、桐緒は喉が干からびたようになってしまっていて、うまく言葉にすることができないでいた。

ためらっていると、いきなり藤真が桐緒の手を握って走り出した。今度は何をされるのかと身構えてしまうと、

「走って、桐緒ちゃん！　狐の嫁入りだよ！」

「狐⁉」

「ほら、お天気雨！」

見上げれば、晴れ渡った空から、蜘蛛の糸みたいにきらきらとした雨がさらさらと降り注いでいた。こういう陽射しの合間から降る雨を狐の嫁入りという。

「この桜の木の下でしばらく雨をしのごう。大丈夫、きっとすぐにやむよ」

桐緒を幹に押しつけた藤真は、自分の両腕を広げて袂でしっかりと桐緒の頭を覆ってくれていた。一滴の雨にも濡らさないように、大切に、それは大切に。

「桐緒ちゃん」

「は、はい」

「わたしはね、欲しいものはなんでも手に入れるよ」

「……欲しいもの？」

「お金も名誉も栄華も、すべてこの手に入れてみせる。わたしにはそれだけの力があるんだ」

そう言う藤真の目には、再び狂気の色が浮かんでいた。藤真は、こんな目をする人だっただろうか。いつからこんな、怖いことばかり言う人になったんだろうか。

桐緒の両肩をぐっと掴んで、何かに酔っているような顔を寄せて来る。

「桐緒ちゃんのことも、必ず幸せにするからね。ねぇ、だから欲しいものを言って。なんでも望み、叶えてあげるから」

睫毛が触れる距離にある藤真の顔に、もはや慣れ親しんだ木漏れ日のような温もりはなかった。

「ねぇ、桐緒ちゃん、どうしてわたしがあげたものを身に着けてくれないの？　赤い石の首飾りも耳飾りも着物も、みんな桐緒ちゃんのために手に入れたものなのに」

「あたしは……藤真さまの笑顔が見れれば、それでよかったんです。持ち切れないほどのお金や高価な贈り物なんかより、笑顔があれば」

桐緒のどこかで、高価なものをもらうたびに藤真が遠い人になってしまったように思えたあの複雑な思いがよみがえる。肩の痛みをこらえて、桐緒は精一杯の思いを込めて藤真を見つめ返した。

「藤真さま、どうしたんですか。何かあったんですか。あたしでよければ、話を聞か……」

「桐緒ちゃんって、ほんとかわいいよね。かわいくってもう、笑いが止まらないよ」

「藤真……さま？」

藤真の刃物のような笑みに、桐緒は足元の砂が一気に崩れていくような錯覚を起こした。

「鷹一郎もそうさ、どうしてそう世間知らずなの。持ちきれないほどのお金？　結構なことじゃない。争乱の世なら明日に残すお金はいらないよ。でも、太平の世には明日あさってに残すお金こそが大事だってこと、どうしてわからないかな」

「お金より大事なものはいっぱいありますっ」

自分の知っているやさしい面影を探そうと、桐緒は必死に藤真の目の奥を覗いた。藤真がこんなこと言うはずがない。これは、悪い夢。

「わたしにとっては小判の雨も血の雨も同じことさ。お金と剣術、幸い、わたしには両方ある」

「血の、雨……」

悪い夢なら、お願い、覚めて——。

「あたしは藤真さまの……木漏れ日みたいなやさしい笑顔が好きでした」

「うん、知ってる。わたしも桐緒ちゃんが大好きだよ」

「あの笑顔が、もう一度見たいです」

涙が、こぼれた。

「それが、桐緒ちゃんの望み？」

摑まれた肩に藤真の爪が深く食いこむ。痛いっ、と桐緒は小さな悲鳴を上げていた。

「怖がらないで、桐緒ちゃん。泣かないで」

藤真が桐緒の肩を摑む手を離し、その手で愛おしそうに桐緒の髪を撫で、涙を拭う。

「桐緒ちゃんの望みは、わたしがきっと叶えてあげるから。ずっとそばにいてあげるから」

「違う、藤真さま。そうじゃないんです」

「わたしは誰にも桐緒ちゃんを渡すつもりはないよ。桐緒ちゃんは、今までもこれからも、ずっとわたしのものだ！」

そして、藤真が桐緒をきつく抱き締める。

雨足が強まり、一滴、また一滴と、雨と涙が桐緒の頰を濡らし続けていた――。


雨上がりのぬかるんだ通りを足早に風祭道場へ向かいながら、桐緒は誰にも行き先を告げずに家を出てしまったことを激しく後悔していた。

すぐに戻る予定だったのに、陽はすっかり西に傾いている。朝からこんな時間まで、どこで油を売っていたと言えばいいのやら。

桐緒は転げこむように道場の門をくぐった。と、同時に、

「遅かったな」

と、一番会いたくない顔に真っ先に出くわしてしまった。

紗那王が、玄関先で腕組みをして自分を待っていたのだ。声も顔も無表情なのが、余計に怖かった。

「あー……、ごめんなさい。えっと」

「楽しかったか、藤真との花見は」

「えっ、どうして⁉」

無表情のまま紗那王が、ついて来い、と言わんばかりに背中を向けたので、桐緒はおとなしくその後ろに従った。引っ立てられる罪人の気持ちだった。悪いことをしたと思っているだけに、足は重いし、胃が痛い。

部屋に入ると紗那王は、王朝風の建物が描かれた六曲半双の金屏風の前に桐緒を座らせて、見ろ、と言った。

紗那王が金屏風に軽く手を触れると、表面がゆらゆらと波打ち、王朝風の建物が消え、次第に波紋が鏡のように平らになるのに合わせて、

「あ、藤真さまだ！」

そこには、井戸端で釣瓶を引き上げている藤真の姿が、はっきりと映し出されていた。

「便利であろう。これで遠く離れた場所を見ることができる」

「……もしかして、見てたの？　これでずっと、あたしと藤真さまのこと」

「それほどにわたしは暇ではないわ。野狐を探すために江都市中を覗いていたら、たまたま、お前たちが見えた。朝から行方知れずだと思ったら、暢気に花見とはいいご身分だな」

檜扇を開きながら脇息にもたれかかる紗那王は、無表情とはいえ、仕草に不機嫌さがありありと滲み出ていた。明らかに、桐緒の今日の振る舞いに腹を立てている様子だった。

「あの、ごめんなさい。すぐに帰って来るつもりだったんだけど……」

「言い訳はいらぬ」

「ごめんなさい」

「詫び言もいらぬ」

紗那王の銀色の目が、刺すように桐緒を睨み据えている。

「桐緒、藤真には近付くな」

「え？」

「近付くな。お前は素直にうなずけばよい」

「……あたし、前にお千代さんにも、同じようなことを言われたの。ねぇ、理由を教えて。藤真さまに何が起きてるの？」

藤真が自分の知っている藤真でなくなってしまったということは、昨日今日の出来事で桐緒にも苦しいぐらい理解できた。紗那王に言われなくても、もうふたりきりで会うことはない。

あんな怖い目の藤真を見るのは、忍びなかった。

「紗那王。あたし、昨日ね、見たのよ」

「何を見た」

「たぶん、朧小僧」

昨夜、本ジョ真津坂町で千両箱を抱えた藤真に似た黒装束の男に会ったことを、桐緒は紗那王に包み隠さず話すことにした。

その男こそ朧小僧だとは思うのだけれど、自分が見たのは二人組ではなくひとりだったこと。それが本当に藤真だったのかを確かめたくて屋敷を訪れたこと。藤真は昨夜の男は自分ではないと否定したこと――。

話の間中、紗那王は聞いているのかいないのかわからない顔で、刻一刻と夕焼色に染まる庭を見つめていた。檜扇を開いたり閉じたりするのは、紗那王が考え事をしているときのお決まりの仕草だ。何を考えているのかは、表情からはまったく読み取れない。

「朧小僧か……」

桐緒の話を聞き終えた紗那王が口にしたのは、たったこれだけだった。ほかにはなんの説明もなくパチリと檜扇を打ち鳴らすと、すぐさま障子が開いて童形姿の化丸が顔を覗かせた。

「出かけるぞ、化丸」

「はい」

「待ってよ、どこへ？　あたしも行く」

桐緒は立ち上がった紗那王の太腿に取り縋った。

「松寿王のところだ。すぐに戻る」

「松寿王の？　ねぇ、藤真さまに何が起きてるの？　藤真さまが朧小僧なの？」

藤真に掴まれた肩が痛い。あの狂気の目が怖い。だけれど、このまま放っておくことは桐緒にはできなかった。

「あの男のことが、それほどに心配か」

「わかんない。正直、怖いとも思う。だけど、何かあたしにできることがあるなら、してあげたい。もう一度、昔みたいに藤真さまに笑って欲しいの」

「知りたいか、真実を」

桐緒がうなずき返すと、紗那王が片膝をついて視線の高さを合わせた。

「桐緒、人に導かれなければ見えぬ真実ならば、見ぬ方がよいということもある」

「今のあたしは、まだ目でしか物事を見ていないってこと？」

前に、天尾移しの刀をもらったときに、桐緒は紗那王に言われたことがある。

心の目を開け、と。真実を望むときは目ではなく心の目で見よ、と。

「よしんば、心で見ているのに見えぬというのであれば、それはお前が知るべき真実ではないということだ。すべての真実がお前にやさしいとは限らぬぞ」

「あたしは、どうすればいいの？」

「お前はわたしのそばにいれば、それでいい。……わたしを、怒らせたくはないのであろう？」

このとき、紗那王が不敵な笑いを浮かべたので、桐緒は思い至って視線を金屏風に走らせた。

「紗那王、やっぱり見てたのね！　あたしと藤真さまのこと！」

「はて、なんのことか」

とぼける紗那王だったけれど、この男は、澄田堤の桜の木の下で桐緒が藤真を突き飛ばして言った言葉をちゃんと知っていた。

あのとき、藤真に誰にも渡すつもりはないと言われて抱き締められたとき、桐緒は腕を振り解いて、こう言って逃げて来たのだ。

——ごめんなさい、紗那王に怒られます。

「桐緒、今回だけは目を瞑ってやろう」

「何がよっ」

「二度とわたし以外の男に心を許すな」

「何それ、命令のつもり!?」

「いや、約束だ」

紗那王が檜扇(ひおうぎ)で口元を隠して、茶目(ちゃめ)っ気(け)たっぷりに笑う。すべて紗那王の思惑どおりに動かされたような気がして、桐緒の気分は最高に悪かった。

「つけあがらないでよねっ。あたしがあのときに言った言葉に深い意味はないんだから！」

桐緒は悔し紛れに、紗那王の顔面目がけて座布団(ざぶとん)を投げ付けてやったけれど、無駄(むだ)なことだった。それは軽々と避けられてしまい、紗那王はさらに不敵に笑うばかりで。

「六連(むつら)、いるか」

桐緒との話を打ち切るように檜扇を閉じた紗那王が威儀(いぎ)を正して庭に声をかければ、縁側(えんがわ)に、すぐさま赤い目をしたカラスが降り立った。

「わたしと化丸(ばけまる)が家を空(あ)けている間のことは、お前に任せる。桐緒を、屋敷(やしき)から出すな」

返事の代わりにカラスが二度ほど大きく両翼(りょうよく)を広げた。

それを見届けてから、紗那王は金屏風に触れると、たちまちその中にずずっと入りこみ、姿を消してしまった。あとを追って、化丸も。

すぐに桐緒も手を伸ばしてみたけれど、桐緒にとってそれは、やはりただの屏風でしかなかった。指が硬い和紙の向こう側へ突き抜けるようなことは、なかった。

その夜、桐緒はまったく食欲がなかった。すぐに戻ると言って金屏風の中に消えた紗那王と化丸は、夕餉の刻限になっても戻らなかった。

なんだか、目隠し鬼でもしているみたいだった。自分の周りで、よくない何かが手を叩いている。そんな気配はするのに、自分の目も心も、その正体を見極めることができないでいた。

「桐緒さん、どうしたんです？　食欲がありませんね」

千代が心配して何度も訊いて来る。

「あぁ、いいえ、大丈夫です。ちょっと、風邪ひいたのかな」

「では、卵酒でも作りましょう」

腰を浮かしかけた千代の袖を摑んで、桐緒は首を振った。

「いいえ、気にしないで。ここにいて」

鷹一郎はもう夕餉を済ませて、汗ばむ一日だったせいか、珍しく今夜は風呂に入っていた。

今、桐緒は千代とふたりきりだった。

「あのね、お千代さん。ひとつ、訊いてもいいかな」

訊いたところでどうしようというのか。

「なんでしょう？　お薬なら簞笥にたくさんありましたので、おっしゃってください」

「お千代さんの敵って、もしかして、あたしにとても……近いところにいる人ですか？」

千代の返事はなかった。ただ、膝の上に揃えた手の震えが、すべてを物語ってくれていた。

（……やっぱり、そうか）

「桐緒さん、それについてはわたしもお話が」

「ごめんなさい、やっぱり今のナシです。聞かなかったことにしてください」

何か言いかけた千代を受け流して、桐緒はご飯を一気に胃の腑に流しこんだ。

訊いてどうしようというのか。

真実を知る勇気が、今の自分にはまだ、なかった。

（あたしは、何を、知りたかったんだろう）

『すべての真実がお前にやさしいとは限らぬぞ』

紗那王がそう言ったとおり、真実はどんな凶器よりも深く、桐緒の胸を抉ってくれた。

「桐緒、藤真が動くぞ」

紗那王がそう言って桐緒の部屋の障子を開いたのは、五日後の夜のことだった。葉桜の時期とは思えないほど、その夜は夕暮れから冷えこんでいた。

「一緒に、来るか？」

「いいの？」

「真実を知りたいのであろう。お前も来るというのであれば、わたしは止めない。来て、見て、すべてを知るもいい。あるいは、このまま真実を知ることなく目を瞑るもいい。選べ」

このとき、桐緒は目を瞑ることを選ばなかった。

白猫姿の化丸を腕に抱いた桐緒は今、二国橋を渡った黒装束の藤真のあとをつけて、白壁の土蔵が立ち並ぶ深香川サガ町に来ていた。

この辺りは汐の香りが濃く漂う、商人と職人の町だ。運搬船から揚げられる荷を商う大店が軒を並べていて、昼間ならば気後れするほどの活気にあふれている。

それが今は誰もが寝静まる深夜。江都湊の潮騒と町内を縦横に走る掘割が、時おり、思い出したようにたぷんと水を鳴らすほかは、なんの音もしなかった。

藤真が足を止めたのは、『春米 柏屋』という看板を掲げる大きな米問屋の前だった。振り返って慎重に左右をうかがっている。

一瞬、その目と桐緒の目が合ったようでヒヤッとしたけれど、紗那王の妖術に護られているこちらの姿は、声さえ立てなければ誰からも見えないということだった。

用心深く店の裏手に回りこんだ藤真が塀を飛び越えて庭の中に消えるのを追って、桐緒も紗那王に抱えられながら塀を越えた。庭はそれほど広くはないけれど、石灯籠や盆栽のひとつひとつに充分なお金がかかっていることがすぐにわかる、手入れの行き届いたものだった。

藤真は庭を横切ると、慣れた手付きで母屋の雨戸の一枚を開き、建物の中にするりと滑りこんだ。忍びやかに、それでいてまっしぐらに母屋を駆け、内廊下で繋がっている店の帳場へと向かう。桐緒もあとに続いた。

途中いくつかの座敷を抜けてようやく帳場に辿り着くと、藤真はしばらくうろうろとして、階段脇の一見なんでもないような納戸に目を留めた。その納戸の引き戸を開くと、中にもう一枚、堅固そうな錠前をかけられた立派な扉が見えた。

隠し扉だ。おそらく、この奥に千両箱が幾箱も眠っている。

（……あぁ、やっぱり）

桐緒は腕の中の化丸をきつく抱き締めて、目を瞑った。

やっぱり、藤真が朧小僧だったのだ。桐緒に斬りかかった黒装束の男、あれは自分じゃないなんて言ったくせに、

（やっぱりそうだったんじゃないか！）

「そ……そこにいるのは、誰です？」

突然、声がして、桐緒は目を開いた。藤真のいる暗い廊下がぽっと明るくなっていた。柏屋の住みこみの手代なのだろうか、手燭を持った若い男が侵入者を見て震えていた。

「チッ」

藤真の舌打ちと同時に血飛沫が天井にまで舞い上がる。藤真が手代を斬り捨てたのだ。紗那王の手で口を塞がれていなければ、桐緒はきっと、悲鳴を上げていたと思う。

けれど、桐緒の我慢の限界はそこまでだった。さらにもうひとり、物音に気づいて駆けつけた奉公人を藤真が返す刀で斬り捨てたのを見て、もう桐緒はおとなしく身を隠していることができなかった。

「藤真さまっ！」

紗那王の手を振り解いて、声を上げてしまっていた。そればかりか、藤真に向かって駆け出していた。

「桐緒、戻れ！」

紗那王の声を無視して、桐緒は隠し扉の前で血刀を握る藤真と向き合った。

「藤真さま！　欲しいものはなんでも手に入れるって、こういうことだったんですか！　人を殺して、人のお金を手に入れることだったんですか！」

「お前は……？　いつから、ここに」

藤真が桐緒を胡散臭そうに見下ろす。

「バカ、桐緒！　落ち着けよ！」

化丸が腕の中で暴れるので、桐緒は白猫を床に下ろし、怖い声で命じた。

「化丸、お前は紗那王のところまで下がってな。危ないから」

一歩前へ踏み出て、桐緒は言い切った。

「藤真さま、恥ずかしくないんですか。義賊だなんて言って、あなたはただの人殺しだ！」

桐緒がすらりと剣を抜いて構えるのを見て、藤真はようやく合点したように、ほう、と声を上げてうなずいた。

「そうか、お前が桐緒か。風祭桐緒、藤真が執着している女だな」

「え？」

「いつぞやの夜、本ジョ真津坂町で斬り結んだな」

「お前と藤真さまは……」

戸惑う桐緒に、男が猛烈に打ちこんで来た。

が、それを桐緒は、澄田堤で藤真に言われたとおり、刃を受け止めずに受け流すことで、すばやく返す刀で左袈裟に斬り上げた。

桐緒の刃が男の左腕を、ざくりと斬った。

「何っ！　人族の分際でこのオレに傷をつけるか⁉」

流れる血潮に、男は目を瞠っていた。

「傷どころか、お前の命も奪えるぞ。その刀には、わたしの天尾を移してあるのでな」

「あ、あなたさまは⁉」

色を失っている男の前に、場違いなほど雅やかな衣擦れの音を立てて紗那王が立ち塞がった。

穢らわしいものでも見るように、震え慄く藤真を睥睨する。

「お前が、松寿王のところにいた武智か」

「紗那王さま……」

男が怯えたようにその場にひれ伏した。

「ご、ご尊顔を拝しまして、恐悦至極に……」

「追従などいらぬ」

紗那王はにべもなかった。天狐としての、荼枳尼天の親王としての威厳に満ちていた。

「紗那王？　どういうこと？　タケチって、誰？」

桐緒の目の前にいるのは、藤真の顔をしている男だが。

混乱する桐緒には答えずに、引き続き紗那王は藤真に冷たく言い放った。

「武智、松寿王が大層ご立腹だ」

「お、お目こぼしを……、紗那王さま！」

「群れから逸れ、仲間の狐を食ろうてまでして得た妖力がその程度のものか。哀れなものだな」

紗那王が不愉快そうに手を振ると、藤真がしゅるるとしぼんで、見る間に毛並みの悪い白い狐の姿になった。尾の割れていない、普通の狐だった。

「どうして藤真さまが狐に!?」

桐緒に斬られたところなのか、狐は左の前脚からかなりの量の血を流していた。紗那王の妖術で不動にされているようで、四肢を丸めたまま動かずにいる。

「桐緒、これが松寿王の探している野狐だ。大した妖力も持たぬので、せいぜい憑き主の姿程度にしか化けることができぬのだ」

「憑き主の、姿？　えっ、でも、それじゃ藤真さまの姿ってことは……」

「藤真は狐憑きなんだよ」

化丸が足元で桐緒を見上げていた。

「この野狐に命じていたのさ、金子をもたらすように、栄華をもたらすようにってな」

「まさか⁉」

藤真が桐緒に会うたびに手で持ちきれないほどの高価な贈り物を与え続けることができたのは、なぜか――。

桐緒はたまらず、雨戸に背中を預けると両手で顔を覆った。

その耳に、どこからかパチパチと火が爆ぜる音が届く。母屋から火の手が上がっていた。

「紗那王、火事だよ！」

「退くぞ、桐緒。化丸、武智を引っ立てろ」

「はい、ただいま！」

言うなり、化丸がくるんと空中で一回転して、たちまち空気を吸って膨らむようにして虎よりも大きい巨大な白猫の姿に変じた。

「ウソ、これが化丸⁉」

いつもの小さな白猫からは想像もつかない図体だった。大きな口をあんぐり開けて、不動のままの武智狐をパクリと飲みこんでしまった。

「桐緒、化丸の背中に乗れ」

「待って、紗那王！　その前にこの家の人たちを起こさないと！」

駆け出す桐緒を、化丸がでかい図体で体当たりして止めた。

「紗那王さまの言うとおりにするんだよ、桐緒！　さっさと乗りやがれ！」

「すぐ、すぐに戻るから待ってて！」

桐緒は立ち塞がる化丸の脇をすり抜けて帳場を飛び出した。炎が揺らめく奥の部屋へと、必死に走った。この店の人たちを、ただ助けたかった。

が、それがいけなかった。

すぐに途中の部屋からにゅっと伸びた腕に手首を捕まれ、よろけたところを強い力で羽交い締めにされてしまったのだ。

「危ないよ、桐緒ちゃん。そっちに行っちゃ、ダメだ」

「藤真さま!?」

「おいで、わたしと一緒に来るんだ」

強引に煙のただよう内廊下へ引き摺って行こうとする藤真の目は、桐緒を震え上がらせるあの狂気の目だった。温もりを忘れた目だった。

「藤真さまは狐憑きだったんですか？　ねぇ、本当ですか？」

ニヤリと笑って、藤真が両腕に力を込める。桐緒の言葉はもう、藤間には届いていない。

「いや、離して！　紗那王、助けて！　化丸ぅ！」

「桐緒！」

暴れていると、すぐに頭の上から声がして、銀色の目を凍える吹雪のように光らせた紗那王が、銀色の髪を猛り狂う生き物のように舞い上がらせて、桐緒と藤真の前に下り立った。

「紗那王！　助け……ウッ！」

助けの手を伸ばす桐緒の右腕を、藤真が容赦なく捩じ上げる。その激しい傷みに、桐緒はたまらずその場に両膝をついてしまった。

「桐緒！」

「近付かないでください、紗那王さん。近付いたら、桐緒ちゃんのこの腕へし折りますよ」

藤真が桐緒を盾にして、障子紙の燃える部屋が両側に並ぶ内廊下へと歩を進める。

「道を開けてください、紗那王さん」

「お前に、桐緒を傷付けるようなことはできまい」

「あなたに桐緒ちゃんは渡さない。そのためなら、たかが腕の一本ぐらいどうってことないですよ。腕や足なんか無くったって、桐緒ちゃんは桐緒ちゃんですからね」

藤真が口の端を上げて笑うのを見て、桐緒はゾッとした。今の藤真なら、本当にやりかねない。右腕を折られたら、もう刀は握れない。

「藤真さま、こんなことして藤真さまの何になるんですか！」

　桐緒は必死に説き伏せようとした。

「もうやめてください、藤真さま。狐を使役してお金や名誉や栄華を手に入れることが、そんなに楽しいことだったんですか！」

「言ったでしょう、小判の雨も血の雨もわたしには同じこと。それに、殺されても文句言えないようなヤツらしか襲ってないよ。お恵みを町の人に分け与えてさえいた」

「まさか、この火事も藤真さまが……」

　次第に火の手が強くなる中、母屋からは家族や奉公人が逃げ惑う声が切れ切れに聞こえていた。桐緒たちのいる場所も、早く逃げないといつ焼け落ちるかわからない。

「この米問屋はね、裏で高利貸しをしているんだ。尋常じゃない利子だよ、あっという間に元本以上の利子が付いているんだ。みんな泣かされている。昨日もひとり、首が回らなくなった植木職人の娘が遊女屋に売られた」

　かわいそう、と桐緒は言葉を漏らしていた。かわいそうではあるけれど、藤真の言い分を全面的に受け入れることはできないとも思った。

「桐緒ちゃん、この太平の江都ではお金と地位、そして運がなければ幸せにもなれないんだよ。わたしは父上のようにお金に見放され、運にも見放されて死ぬような人生はまっぴらさ」

　藤真は言う、鷹一郎のことがずっとうらやましかったのだと。同じように剣に生きる身ながら、鷹一郎には風祭道場があるのに、自分には何もないと。

「藤真さまには、ご老中さまの剣術指南っていう立派な肩書きがあるじゃないですか」

「うん、だってそれは、武智にねだって手に入れたものだから」

「え？」

桐緒は紗那王と顔を見合わせた。

「先生が病に臥されたときにね、いよいよ後ろ盾がなくなるって思ったんだ。この先、自分が這い上がる機会はもう一生ないのかもしれないって考えたら、急に怖くなった。そんなときだよ、武智に出会ったのは。望みを叶えてやってもいい、そう言われた」

先生、というのは、桐緒の父のことだ。

「桐緒ちゃん、狐憑きって便利だよ。望めばなんでもしてもらえるんだから」

常軌を逸したように、藤真が笑う。笑うたびに、桐緒の腕を捩じ上げる藤真の手に力が込められ、桐緒は痛みに呻き声を漏らした。

「藤真、もう終わりだ。お前が頼りにする武智はもう封じた」

「そうだ、そうだ、オレさまの胃の中だぞ。ゲフッ」

炎と黒い煙の中から巨大化した化丸がのそりと現れた。紗那王に、襖の向こうの母屋はもう火の海です、と耳打ちするのが桐緒の耳にも聞えた。

「見てましたよ。武智があなたをあんなに恐れるとは思わなかった。紗那王さん、あなた、何者なんですか？」

　燃え盛る炎を物ともせず、藤真は紗那王の光る銀色の目と巻き上がる銀色の髪を興味深そうに見つめていた。

「桐緒を返してもらおう」

　藤真の手にいよいよ力が込められ、腕に走る激痛に桐緒は顔を激しく歪めた。

「桐緒ちゃんはわたしのものだ！　誰にも渡さないっ！」

　そんな桐緒の腰から、天尾移しの刀がつつっと抜ける。

「あっ、あたしの刀が!?」

　腕をもがれる痛みの中で、桐緒は叫んでいた。玉散る刃が独りでに宙に浮かび上がっていたのだ。その切っ先は、まっすぐに藤真を狙っていた。

「藤真。桐緒を傷付けることは、このわたしが許さぬ」

「うるさい！　武智、武智っ、どこだ!?　殺してしまえ、わたしに逆らうものはみんな殺してしまえ！」

「愚かな。お前は所詮、狐憑きの器ではなかったということだな。野狐ごときに籠絡されて重ねたその罪、己が命で償うか？」

　怯んだ藤真が桐緒の腕を掴む手をわずかに緩める。逃げるなら今しかないのはわかっていたけれど、このとき桐緒は両手を広げて藤真を庇っていた。

「やめて、紗那王！　藤真さまを殺さないで！」

桐緒の目の前ぎりぎりの位置にある刀身は、揺らめく狐火を纏って全体に青白く煙っていた。

「桐緒、下がれ」

「お願い、紗那王！」

「そのような男を、なぜ庇うか！」

「生きてこそ償える罪もある！　これは、憑き主としての命令よ！」

命令、桐緒のこの言葉に、紗那王ははっきりと見てとれるためらいを見せた。

そこに、降って湧いたように別の声が響く。

「甘いのだよ、桐緒は」

「……え？」

桐緒は耳を疑った。

「甘いのだよ、ひーちゃんも」

「兄君！」

眉を上げた紗那王から、さっと血の気が引くのが見えた。

そして、ドスッ、と鈍い音がして。

最初、桐緒は何が起きたのかわからなかった。なぜ目の前が赤く染まっているのか。

炎が近くまで迫っているのでそう見えるのか、それとも、胸から噴出す血潮が目に入って赤く見えるのか……。

「桐緒っ！　桐緒ぉーっ！」

銀色の髪を振り乱して自分に駆け寄ろうとする紗那王を、金色の髪の人が止めている。

「桐緒に罪はないが、藤真には死んでもらう」

「なぜ兄君がここにいらっしゃる！」

「野狐を始末するには、憑き主を殺るのが一番てっとり早いのでな」

松寿王だった。松寿王が手を振り上げると同時に、桐緒の胸に、目の位置で止まっていたはずの天尾移しの刀が、深々と突き刺さったのだった。

刃は、桐緒ごと後ろの藤真を串刺しにしていた。

「紗那王……、藤真……さま……を」

助けてあげて。

桐緒はそう言葉にしたつもりだったけれど、言葉の変わりにくちびるからこぼれたのは、真っ赤な鮮血だった。

そして、そのまま。藤真の鼓動と温かい血が背中に広がるのを感じながら。

桐緒は目を瞑り、長い長い眠りについた。

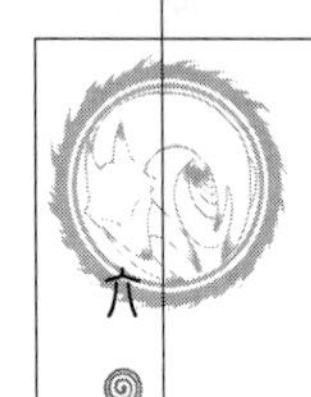

六◎春に遅れて咲く桜

空から雪のように大福が降ってくる。

中身はこしあん、つぶあん？　桐緒は口を開けて大福が口の中に落ちてくるのを待った。

早く、早く。どっちでも、何個でもいいから落ちて来て。

なのに、意地悪な大福たちは桐緒の口を避けて降っていく。

そればかりか、空に浮ぶ大福同士が手を結び、ひとつ、またひとつとくっついて、やがて巨大なひとつの大福になってしまった。

これではさすがに、桐緒の口には入らない。

こんなに大きい大福が降ってきたら、桐緒なんかぺしゃんこだ。

つぶされる、つぶされる。

胸の上に巨大な大福が落ちて来た。

つぶされる、つぶされる。

胸の上に巨大な大福が落ちて来た……

「……って大福、重っ！」

桐緒は胸の上があまりにも重かったので、目を覚ますと同時に、自分の胸の上にあったものを思いっきり放り投げてしまった。

「ウニャ――――――!?」

「ん？　化丸？」

陽射しのまぶしい朝だった。布団から半身を起こして、桐緒は部屋の隅で総毛立って怒っている白猫姿を見つけた。

「化丸、あんた、まーた人の胸の上で寝てたのね？　どうりで苦しくて重かったわけだわ」

「桐緒……。お前、目が覚めたのか？」

「起きちゃ悪いの？」

「その減らず口、いつもの男女だ……」

そして、紗那王さまぁぁぁ！　という部屋を震わすほどの化丸の絶叫に、すぐさま障子が開いた。紗那王が、珍しく足音を立てて部屋に飛びこんで来たのだ。

「桐緒……！」

いきなり紗那王に抱きつかれ、その逞しい勢いに桐緒は押し倒されるように布団に仰向けに倒れこんだ。天井からは、反枕や家鳴たちが顔を覗かせていた。

「ちょ、何すんのよぉ、せくはら狐っっっ！」

「大事ないか、もう身体はよいのか」

「なんの話？」

目を点にする桐緒を抱き起こして、紗那王がひどく憔悴した顔で言う。

「胸の傷は、問題ない。痕が残ることはないので案ずるな」

「胸の傷？」

「あれからお前は、三日も眠ったままだった」

「あれから……？」

桐緒は霞がかかっている頭に手を運んで、自分の置かれている状況を理解しようとした。なんだか長いこと眠っていた気がするのだけれど、眠る前の自分はどこにいたんだったか……。

ゆるゆると、赤く染まった記憶を思い出した。

「そっか、あたし、生きてたんだ」

朧小僧を追い詰めたあの火事の晩、自分は天尾移しの刀にこの胸を貫かれたのだった。

桐緒は自分の胸を触ってみた。指先で強く押しても、表面上は痛みも傷痕も何もない。

「……これ、紗那王が変若返りの力で治してくれたの？」

「造作もないこと」

「ありがとう」

自分は生きていた。その思いが、ようやく血潮の温もりとなって、じわじわと桐緒の全身に広がった。

あの火事の晩、自分と藤真を串刺しにした刀を紗那王が引き抜いてくれたことまでは、切れ切れに覚えている。刀は血と火事の炎で鮮やかに赤かった。自分を抱く紗那王の顔がとても悲しげで苦しそうだったことも、朦朧とする意識の中ではっきりと覚えている。

なのに、桐緒は背中の藤真のことだけが、なぜだか思い出せなかった。

「……藤真さまは、どうなったの？」

「お前から刀を引き抜いた直後に、建物が崩れ落ちた。わたしたちも寸でのところで退いた」

「そう……」

桐緒は目閉じて、深呼吸をした。

そんな桐緒の膝の上に、化丸がよじ登って来た。胸の上で寝てたのは自分を心配してくれていたからなんだろう。放り投げてごめんね、と桐緒は化丸のやわらかい背中を撫でた。

「紗那王があたしを助けてくれたときにね、あたし、藤真さまの声を……聞いた気がするの。最期の声を、……なのに、なんでかな、思い出せない」

言いながら、桐緒はぽろぽろと涙をこぼした。

藤真は、自分と同じ狐憑きだった。それがどうして、あんな風に人が変わったようになってしまって、どうして、あんな最期を迎えなければいけなかったのか。

「ねぇ、紗那王、欲ってなんなの？　望みってなんなの？　狐憑きはみんな、最後は藤真さまのようになってしまうの？」

「欲と望みは、あざなえる縄のごときもの。何かを欲しいと望むこと、それ自体は悪でも業でもない。何かをしたい、欲しいと強く願う気持ちが、生きる糧になる場合もある」

　そうだ、鷹一郎も千代の一件で、同じようなことを言っていた。仇討ちをしたい、そう願う気持ちが、生きる支えになっているんだと。

「ただ、望むだけではいけないということだ。身のほど知らずな望みに身を滅ぼしそうになったならば、その望みに見合うだけの人物となるよう、刻苦精励せねばなるまい。それを怠り、武智に依存してしまったことが、藤真の罪なのだ」

　欲しがることに溺れてしまった、哀れな狐憑きの成れの果て。

　桐緒は藤真のあの狂気の目を思い出し、震えた。折られそうになった右腕はもう痛くはなかったけれど、無意識にさすっていた。

「このこと……、藤真さまのこと、兄上には？」

「話してある。目をきつく閉じたまま、これが一番よい形での解決だったのではないかと言っていた。罪は罪としてけじめをつけるべきだとな」

「そう、兄上らしいな」

　鷹一郎と桐緒と藤真。同じ釜の飯を食べて育ち、同じ剣を志すもの同士であり、同じ狐憑きであった。

自分たちはこんなにも似ているのに、最初はひとつであるはずだった道をどう曲がり間違えてしまったのか、知らない間にまったく別々の道を歩くことになってしまっていた。

知っていれば、自分はもっと前の段階で藤真を止められたんじゃないだろうか。

「思いあがるな、桐緒。人の一生を操るは、我ら霊狐の領分。藤真は、武智によって人生を狂わされたのだ。お前に何ができたわけではない」

「だけど！　あたしがもっと藤真さまの孤独を理解していれば、こんなことにはならなかったのかもしれないっ」

たまらず顔を覆って泣きじゃくった桐緒の髪に、紗那王がそっと手を触れる。

「案ずるな、桐緒。藤真は生きている」

「え？」

「焼け跡から、藤真らしき遺体は出ておらぬそうだ。いずれかに退いたのかもしれん」

「生きてる？　藤真さまが？」

「お前とて気づいているのではないか。松寿王がなぜ、あのとき、お前ごと藤真を刺したのか」

「松寿王があたしごと……」

桐緒は、自分の胸を見た。そうだ、あのとき、自分が盾になって藤真と串刺しになったのには、意味があるのだ。

松寿王は英断を下した、と言ってもいいかもしれない。

「松寿王は、野狐の武智がお前ゆかりの人物に憑いているとわたしから知らされたときから、おそらくはこうなることを予見していたのであろう」

きっと桐緒は、藤真を殺すなと言い出すだろう。それは、松寿王だけでなく、紗那王にもわかっていたことなのかもしれない。

「松寿王には感謝してるよ。松寿王の気持ち、あたし、ちゃんとわかってるつもり」

「そうか」

桐緒の髪を撫でる紗那王は、複雑な笑みを浮かべていた。

狂った藤真を前にして、それでも殺してはいけないと命じられた紗那王は、桐緒の気持ちを尊重して藤真に引導を渡すことはできなかっただろう。かと言って、あまねく狐を統べる天狐として、あのまま野狐と藤真を許しては示しがつかない。

松寿王は考えたのだ、誰かが手を汚さなければならないと。そうしないと、あの場は納まらなかった。桐緒の心、紗那王の心、どちらの中にもしこりを残さないために、松寿王が自ら殺るしかなかった。

「松寿王があたしごと藤真さまを刺したのはさ、藤真さまだけを刺すよりも、あたしを間にして刺した方が藤真さまに届く刃が浅くなるからだよね？」

「お前にはわたしの変若返りの力があるからな。死ぬことはない」

紗那王に涙で濡れている頬を引っ張られて、アイタッ、と桐緒はその手を叩き落とした。

「やめてよ、ほっぺ丸いの気にしてるんだからっ。おたふくになったらどーしてくれるのっ」

「今でも充分、おたふくだとは思うが」

檜扇を広げて笑う紗那王に誘われて、桐緒も涙を拭って笑った。

松寿王は、藤真に生き残る可能性を残してくれたのだ。きっと。

現に、焼け跡には藤真らしき遺体がなかったという。生き延びられるものなら生き延びよという松寿王の思いが通じたのだと、桐緒は思いたい。

「今回は兄君の方が一枚上手であったということだな。性悪狐に化かされた」

紗那王が子供染みたことを言うので、桐緒は声を立てて笑った。

「何がおかしい」

「だって、紗那王ってば、松寿王のことになるとすぐムキになるんだもん。性悪狐だって、言っちゃお。アハハ」

紗那王がふてくされたように桐緒を睨む。紗那王でもこういう顔をするのかと思うと、ますます桐緒はおかしくなった。

「紗那王、いろいろありがとね。あたしになんか憑いたばっかりに、嫌な思いいっぱいさせちゃってごめんね」

「まったくだ。世話の焼ける憑き主を持つと苦労する」

「ですから、紗那王さま。こんな男女、さっさと江都湊の藻屑にしてしまいましょうよ」

ずっと黙って丸まっていた化丸がまたぞろ膝の上で物騒なことを言うので、桐緒は白猫をひっくり返して脇とお腹をこちょこちょとくすぐってやった。

「コンの、大福のくせに生意気なんだから！」

「ニャんだ、大福って！」

「あんた見てるとお腹が空くのよ！　このお腹ん中はこしあんか、つぶあんか⁉」

言い合っているうちに、桐緒は本当にお腹が空いて来た。人は、なんて単純な生き物だ。でも、それでいいのかもしれないとも思う。自分は生きているのだから、お腹も空けば涙も出る。怒ったり、笑ったり。

それが生きているということ。生きていくということ。

「食欲があるのなら、千代に何か運ばせよう」

化丸とのやりとりにうるさそうに顔をしかめていた紗那王が腰を浮かせたので、

「あ、ちょっと待って」

桐緒は表情を改めて呼び止めた。

千代の名前が出て、思い出したのだ。ひとつ、そう、とても大事なことが残っていた。

千代の、仇討ちのこと。

「なんだ？」

「お千代さんに……藤真さまのこと、どう言えばいいかな」

「千代に？」

「……ん。お千代さんの敵って、藤真さまだったんだよ」

紗那王がポカンと間抜けな顔をした。

「千代が、お前にそう言ったのか？」

「そうじゃないけど……。前にね、敵っていうのは、もしかしてあたしの近くにいる人なのかって訊いたら、震えてたから」

確信を持った目顔で桐緒がうなずくと、紗那王は浮かせた腰をもう一度落ち着けて、思案に余ったように檜扇を弄び始めた。

「お前の近くにいるのは、何も藤真だけとは限らぬであろう。たとえば鷹一郎や、このわたしということもある」

「紗那王が敵だって言うの？」

「わたしは盗みも殺しも厭わぬ狐だぞ。お前と出会う前に、どこで何人殺しているかわからぬではないか」

紗那王のはずがないと、桐緒はきっぱりと否定した。

「なぜ、そう言いきれる」

「あたしの紗那王はそんなことをする狐じゃない」

檜扇越しに、紗那王が聞こえよがしにため息をこぼした。

そのため息の意味を桐緒が推しはかっていると、不意に廊下の障子が開いた。差しこむ朝日の中に、鷹一郎が立っていた。

「兄上！」

「桐緒、目が覚めたのだな。体調はどうだ？」

「はい、ご心配をおかけしました」

うん、と笑い返して、鷹一郎が障子を開け放したまま紗那王の隣に腰を下ろした。

「紗那王、いろいろありがとな」

「鷹一郎、ここはわたしが」

「いや、いい。紗那王が悪者になることはないんだ。お前は本当に、いい男だな」

言い澱む紗那王を褒め称えて、鷹一郎が桐緒を見遣る。

「桐緒、仇討ちの話は、オレから話そう」

それから、鷹一郎は廊下へ首を伸ばして、千代を呼んだ。

「お千代さん、あなたもここにいらっしゃい。この際だから、すべて話しておきましょう」

顔を見せた千代は、不安そうな白い顔をしていた。化丸が桐緒の膝の上で、エライことになった、と耳を垂れる。

桐緒はどういう顔をしていればいいのかわからず、薄ぼんやりと、兄と紗那王と千代の顔を見比べた。三人とも、泥を飲んだような重苦しい顔をしていた。

「あのな、桐緒。オレがね、お千代さんの敵なんだよ」

　鷹一郎が、そう切り出した。

「兄上、いつもの冗談ならまた今度、時と場合と質を考えてから発言してください」

　桐緒は不安を押しのけるようにして、敢えてぶっきらぼうに言い返した。選りに選って何を言い出すのかと思えば、悪い冗談にもほどがある。

「いやいや、冗談なんかじゃないよ。ね、お千代さん」

　千代の細い肩を鷹一郎が陽気な素振りでぽんと叩くと、千代がよろりと畳に手をついた。このまま失神するんじゃないかと心配になるほど、千代は血の気のない顔をしていた。

「鷹一郎さま……。わたくしの正体を、ご存知だったんですか」

「ごめん、見ちゃったんだよね。お千代さんがあしびとあけびの卵を、何度か裏の祠に埋めてるとこ。生卵って蛇の好物なんだよね。それで思い出したんだ、去年の春のこと」

「卵？　蛇？　ちょっと待ってくださいよ、兄上。話が全然、見えないんですけど」

　兄がどうして千代の敵でなくてはいけないのか、意味がわからなかった。

　千代の鷹一郎を見る目には、別に恨みの色があるわけじゃない。むしろ恥じ入るような、どうとっていいかわからない複雑な思いを孕んでいるように思えた。

鷹一郎が、まぁ聞きなさいよ、と桐緒をいなす。

「桐緒も知ってるよな、道場の裏通りに小さな古い祠があるだろ？　あそこでね、近所の子供たちが蛇をいじめてたことがあるんだよ。白い大きな蛇だった。白蛇っていうのは神さまのお使いだからね、オレは子供たちを叱ったよ」

子供たちも悪気があったわけじゃない。あんまりにも大きい蛇だったので驚いたのと興味があったのとで、つい棒切れで突っついたり、石を投げてしまったんだろう。

「だけど、蛇はとても怒っていて、その場を離れようとした子供たちを追っかけて来たんだよ。一番後ろにいた、一番身体の小さい女の子の首にきつく巻きついた」

大人の腕ぐらい太い蛇が子供の首を締め上げている。助けないわけにはいかなかった、と鷹一郎は千代を見た。

「それで、オレも棒切れで蛇を突っついてしまった。そしたら、今度はオレの足に絡まって来たんだよ、その蛇が」

「覚えてる……。右足首に、兄上、なかなか治らない青痣つけてたことありましたよね？　転んだって言ってたけど、変だなって思ってたんです。あんな、縛られたみたいな痣」

よっぽど強く巻きつかれたとしか思えなかった。鷹一郎は小さいころにアカマムシに嚙まれたことがあって、それ以来、蛇を大の苦手としている。

「ごめんね、お千代さん。あの白蛇が、お千代さんの妹さんだったんだね。わたしが脇差で斬り捨てたんだ。どんな小さな生き物にも無体は働いちゃいけないのに、浅はかだった」

「ちょ、ちょっと待って、兄上。その蛇がお千代さんの妹さんって……」

それじゃ、千代の正体は一体――。

「鷹一郎さまは、いつから気づいておられたんですか。わたくしがあなたさまの意識を奪ったときにはもう、すでに気づいておられたんですか？　甘んじてお受けになったと？」

千代が涙を滲ませて詰め寄ると、鷹一郎はこくりと顎を引いた。

「それでも、いいと思ったんだ。それで、お千代さんの気が済むなら」

「待って待って待って、だから、蛇って……」

どういうことなのか説明が欲しくて、桐緒は紗那王を見た。

「お前はまったくお目出度くできているな。まだわからないのか。わたしの姿を装ってお前を襲ったのも、千代だぞ」

「え、まさか！」

桐緒が天尾移しの刀で斬りつけた、黒くて生臭い妖魔が。

（……あっ！　そうだ、あの夜）

千代は手に包帯を巻いていた。怪我をしたということで、それで桐緒と喧嘩にもなった。

「千代は白蛇精だ。桐緒、庭の桜が咲かないと言っていたであろう。あれは、千代があの桜の精気を吸って、人の姿を具現しているからだ。春の息吹に芽吹いた樹木は、精気に満ち満ちているのでな」

鷹一郎と紗那王が、目と目でうなずき合っていた。

知らないのは自分だけ、桐緒だけだったのか。

「昔々のことです」

と、千代が自分の身の上を語り出すのを、桐緒は正座して聞き入った。

この地が江都と呼ばれるずっと前のこと、この辺りには七日池という大きな池があったそうだ。その池には、黒い鱗をした雄々しい龍が棲んでいたという。龍は土地神だった。

「何か願いごとがあるときは、村人は七日七晩食を断ち、その七日分の大切な食べ物を池に投げ入れることで、龍神に願いを叶えてくださるよう頼むんです。わたしたち姉妹は、その龍神の使い魔でした」

ある年、雨の降らない日が何カ月も続いたことがあった。

「それは恐ろしい旱でした。作物が一切実らず、雨を乞いたくても村人の誰もがもう池に投げ入れる食すら持ち得ず、木の根や皮を齧って空腹を凌ぐありさまでした。これを見かねた龍神が、七日池の水をすべて天に上げ、村に雨を降らせたんです」

その結果、龍神は水を失い、消滅してしまった。使い魔の姉妹だけが、この地に残ることになった。

「あの祠は、旅の僧がわたくしたちのために建ててくれたものです。今では古びて朽ちかけてはおりますが、わたくしたち姉妹にとっては大切な祠なんです」

　長い長い時間を妹とふたりきりで過ごして来た千代にとって、妹の喪失はどれほど寂しいことだったろう。その思いが仇討ちという形になって現れたのも、無理からぬことだったのだ。

　そして、千代にとって僥倖だったのは、この道場に紗那王が憑いたことだ。そうなったことで反枕や屋鳴が入りこんだように、自分も仮初めの人の姿となって容易に中に入ることができるようになったのだという。

「敵を討つ好機だと思いました。最初は、狐憑きとなられたおふたりが醜い欲に溺れてしまえばいいと……そう願っておりました。なのに、おふたりともわたくしのことばかり案じてくださるから……」

「この家の兄妹は底なしにお人好しだからな」

　紗那王がくつくつとさもおかしそうに笑う。

「紗那王は最初から知ってたの？　お千代さんの正体も、目的も」

「当然であろう」

「だったら、どうして教えてくれなかったのよ！」

「心の目で見ておれさえすれば、おのずと見えて来るものだ」

　桐緒は返す言葉がなかった。こうなってみると、初めて千代が道場にやって来た日のことや天尾移しをしてもらったときのこと、竹林でのふたりの姿など、いろいろなことに合点がいく。

「あ、でも、それじゃお千代さんはどうして藤真さまに近付くなって言ったの？　あたしはてっきり、藤真さまが敵なんだって、そう思った」

「千代も妖魔だ。藤真を一目見れば、よくないものに憑かれていることぐらいすぐにわかる。ただし、そうだな、千代はひとつ見落としていることがあるのではないか」

紗那王の言葉に、うな垂れていた千代が顔を上げた。

「千代、お前の敵は本当に鷹一郎なのか」

「……と、申されますと？」

「桐緒の持つ刀がお前を斬れたのは、わたしの天尾の加護があったからだ。だが、鷹一郎が白蛇を斬り捨てたときの脇差は、ただの脇差であろう」

千代が目を見開いて、口に手を運んだ。

「鷹一郎の刃は妖魔に死を与えるものではなかったはず。むしろ、頑是無い子供に巻きついたことに、今は亡き龍神が怒りの鉄槌を下ろしたと、なぜ思わぬか？」

「いや、待ってくれよ、紗那王。いいんだよ、オレが悪いんだよ。オレが敵でいいじゃないか、お千代さんを責めないでくれよ」

堰が切れたように涙をこぼす千代を、鷹一郎は必死に庇っていた。こういうところが底なしにお人好しと言われるゆえんなのだろうけれど、桐緒はそんな兄をとても誇りに思った。

「どうでしょう、お千代さん。もしもあなたさえよければ、これからもこの家にいてくれませんか。あ、いや、その、お千代さんがいなくなると桐緒も寂しがるだろうし」

「うん、寂しいです。お千代さんがいなくなったら」

桐緒が千代の手を取ってお願いすると、千代はその手をしっかりと握り返してくれた。

「わたくしも、それが許されるのであれば……。ですけれど、もう、桜の季節は終わってしまいました。わたくしが精気を吸ってこの姿でいられるのも……あと、わずかなのです」

「だったら、蛇の姿でもいいじゃないですか」

鷹一郎の答えは、簡単だった。

「蛇、ほんと言うと苦手です。でも、お千代さんは別ですよ。もう家族みたいなものですから」

「鷹一郎さま……！」

家族、という言葉には、惚れた腫れただけでは言い尽くせないもっと大切な気持ちがこめられているように桐緒には思えた。

いや、もしかしたらあの兄のことだから、あまり深く考えないで言っただけなのかもしれないけれど、千代と、そばで聞いている桐緒の胸には、これは最高の殺し文句として心に響いた。

泣き崩れる千代を、桐緒は胸の締め付けられる思いで見ていた。どうしたら、このふたりを幸せにすることができるだろう。

なぜだか化丸までが、桐緒の膝の上で鼻をぐしゅぐしゅとさせていた。鷹一郎に幸せになってもらいたいと思っているのは、桐緒だけではないのだ。

「紗那王、お願いがあるの」

桐緒が紗那王を見遣ると、このお狐さまは、最初から一連の話の最後に主人が何を望むのかなんてことはお見通しだったようで、意味ありげな笑いを浮かべていた。

「あのふたりをなんとかしてあげられないかな」

「生憎と、わたしは他人の恋路に興味はなくてな」

「興味なんかなくてもいいのよ、なんとかしてあげて」

「ほう、それは命じているつもりか」

「そう、これは命令よ」

叶えてくれたら油揚げ一年分あげるから、と桐緒が耳打ちすると、結構だ、と紗那王は檜扇を打ち鳴らして立ち上がった。

そして、縁側に立ち、花も葉もつけていない桜の木を見上げ。

「それが、お前たち兄妹の望みか？　鷹一郎、一度はお前を敵と憎んだものをそばに置くことになるが、それでもよいか」

「あぁ、構わないよ」

鷹一郎は迷うことなく答えていた。

「千代、二度とふたりには牙を剝くな。鷹一郎への献身、それが条件だ。よいか」

「はい、必ず……！」

　しかとそれを見届けて、紗那王は大きくうなずいた。

「よいだろう。ならば、お前にはその姿をくれてやる。だが、桜花精の精気は返してもらうぞ。あれは桐緒の桜だ」

　それからあとは、紗那王の独壇場だった。

　銀色に光る目に一睨みされた千代の身体が、向こう側が透けて見える陽炎になって、見る間にとぐろを巻く大きな白蛇の姿に変じた。さすがに、それを目の当たりにしたときは桐緒も鷹一郎も声を上げて驚いたけれど、白蛇は身を捩ってその口から握り拳くらいの桃色の光る珠をころんと吐き出すと、すぐにまた美しく淑やかな千代の姿に戻った。

「見ておれ、桐緒。桜が咲くぞ」

　言われて、桐緒は紗那王と桜を交互に見た。畳に転がる桃色の珠を拾い上げた紗那王が檜扇の上にそれをのせて、能でも舞うように雅やかに袖を上下させると。

「わぁっ、桜だ！」

　裸木だった桜の木が満開の花を咲かせたのだ。

　雲雀が、空のうんと高いところで、弧を描きながら鳴いていた。

結　おまけの夕

「コラァァァ！　誰(だれ)の仕業だぁ!?」

夜の台所で、桐緒(きりお)はホウキを振り回して白猫姿の化丸(ばけまる)と家鳴(やなり)を追いかけ回していた。

「あたしの大事にとっておいた金しゃちまんを食べたのは誰ぇぇ!?」

「お、お、お、オレさまじゃニャいぞ！　家鳴のヤツらだ！」

へっついの上で縮(ちぢ)み上がっている三匹の家鳴は、二匹が顔の前で手をぶんぶんと横に振り、一匹が化丸をコイツだコイツと指差していた。

「ばぁけぇまぁるぅう、お前か、泥棒猫(どろぼうねこ)！」

「ニャー!?」

化丸がすばしっこく桐緒の足元をすり抜け、縁側(えんがわ)へ逃げた。それを追い、桐緒も走る。

途中で鷹一郎(よういちろう)の部屋(へや)を覗(のぞ)くと、兄は反枕(まくらがえし)と将棋(しょうぎ)を指していた。

「うるさいぞぉ、桐緒。夜なんだから静かにしなさい」

「待て、鷹一郎。おぬし今、ここの飛車(ひしゃ)を横に動かしたぞな？」

「あれ、見てた？」

「卑怯なり、卑怯なり！」

怒る反枕をなだめる兄は放っておいて、さらに桐緒が走ると、隣の部屋から青い顔のお化けがひょいと現れた。

「わわわっ⁉」

「桐緒さん、ネズミでも出ましたか？　ドタバタとして」

「え、お千代さん⁉　なんですか、その顔⁉」

青いお化けかと思われたのは、顔中に輪切りにしたキュウリをのせた千代だった。

「キュウリを顔にのせると肌が白くなると物の本に書いてありましたの。せっかく紗那王さまにいただいた身体ですから、傷むことのないように維持しようと思いまして」

「はぁ、そうですかぁ」

あれ以来、狐憑きの桐緒が言うのもなんだけれど、千代は憑き物が落ちたみたいに活き活きと毎日を過ごしている。鷹一郎と並んでよく日向ぼっこをしている姿は、何十年も連れ添った老夫婦のように微笑ましかった。

そうこうしているうちに化丸がどこかへ逃げ隠れてしまったので、桐緒は馬鹿らしくなって自室を目指した。

縁側の西側の突き当たりでは、紗那王が姿勢よく腰かけて月を見上げていた。

「紗那王(しゃなおう)、月輪観(がちりんかん)？」

「あぁ。お前は朝でも夜でもいつでも騒々(そうぞう)しいな」

「泥棒猫(どろぼうねこ)退治をしてたのよ。食べ物の恨(うら)みは恐ろしいんだからっ」

ヨッコイショと紗那王の隣(となり)に腰を下ろした桐緒(きりお)も、夜空を見上げた。見事な満月の晩だった。

「きれいな満月だね。紗那王がウチに来てから、二回目の満月だよ」

「そうだな」

月明かりに目を細める紗那王は、初めてこの道場に来たときよりも、ずいぶんとやさしい顔付きになっているような気がする。初めは何を考えているのかわからない狐(きつね)だったけれど、今は喜怒哀楽がそこそこは顔に出るようになった。

その方が人の姿をするものとしてずっといいと、桐緒は思う。

「お前の好きな桜も、もう散ってしまったな」

「うん、また来年だね」

春に遅れて咲いた庭の桜は、花の美しい盛りが終わり、世の中の摂理(せつり)どおり葉桜になっていた。咲かない桜、散らない桜より、よっぽど美しい姿だ。

「ねぇ、紗那王」

桐緒は葉桜を見ながら、前からずっと気になっていることを口にしてみることにした。

「あのさ、もしかして、あたしたちって前に一度、会ったことある？」

「なぜ？」

「紗那王はどうしてウチに憑いたの？」

「……化丸を、助けてもらったのでな。狐は恩を忘れない」

本当にそれだけだろうか？　もっとずっと前から、桐緒は紗那王の手の温もりを知っているような気がするのだけれど……。

「桐緒、お前はわたしを怖くはないのか？」

「どうして？」

「狐憑きであるということは、ひとつ間違えれば藤真のように狂気に悩まされることになるのかもしれんのだぞ」

「なんだ、そんなことか」

桐緒はくしゃみをして、笑い飛ばした。

「怖くなんかないよ。あたしは藤真さまの分まで、きっと立派な狐憑きになってみせるから」

藤真のことは、桐緒はきっと一生忘れないだろう。狐憑きである自分への戒めとして、忘れてはいけないと思った。

そうして、いつかどこかで、紗那王を胸張って飼い慣らしている自分を藤真に見てもらいたいとも思う。

「あたしはちゃんと自分の狐を正しく飼い慣らしてみせる。覚悟しなさいな、紗那王」

「ほう、面白い」

紗那王が銀色の目でまっすぐに桐緒を見つめ返した。その目があんまりにもきれいだったので、桐緒は心ごと吸いこまれそうになってしまった。

「桐緒。お前にひとつ、言っておきたいことがある」

「な、何よ」

見惚れていた自分を誤魔化して、桐緒は憑き主の威厳を保とうと胸を反らせた。

そんな桐緒を、紗那王が檜扇を広げて見据える。

「嫌いなのだ」

「え？」

「わたしは油揚げが、大嫌いなのだ」

何度言えば覚えるのか、と紗那王が夕餉に出した油揚げのお味噌汁について不満を述べ始めた。

桜の木の高いところでは、赤い目をしたカラスがカァと鳴いていた。


（つづく……？）

あとがきッ！

こんにちは、かたやま和華と申します。

はじめましてのみなさんも、以前からお見知り越しのみなさんも、紗那王と愉快な仲間たちの物語をお手に取ってくださいまして、ありがとうございます。

今回、ご縁あってビーズログ文庫で、憧れだった美形満載の乙女向けファンタジー（というかラブコメ？）を書かせていただけることになり、佐藤さまと担当のミカッペ（今、命名しました）さまにはなんとお礼を申し上げてよいのやら、大変お世話になりました。

ミカッペさま。あまりうどんに七味を入れるのもどうかと思うぞ、オレはそばにわさびならとぐろで入れてるけどね、と鷹一郎が申しておりましたよ。

イラストの風都ノリさま、かわいい桐緒をありがとうございます！　実は面識のある間柄だけに、偶然にもコンビを組ませていただけることを知って小躍りしてしまいました。

さて、この「お狐サマ」は気になるもろもろの恋愛模様やまだ名前しか出て来ていない人もいることですし、なんと次に続きます！　いえ、続くといいニャ、と化丸が申しておりました。

ですので、近々また、みなさんにお会いできますことを祈りつつ――。


愛用の腹巻をしていてもまだ寒い睦月の夜に　　かたやま和華

■ご意見、ご感想をお寄せください。
《ファンレターの宛て先》
〒102-8431 東京都千代田区三番町6-1
株式会社エンターブレイン
B's-LOG編集部 文庫グループ
かたやま和華　先生・風都ノリ　先生

B's-LOG BUNKO
B's-LOG文庫

■本書の内容・不良交換についてのお問い合わせ。
エンターブレインカスタマーサポート：0570-060-555
（受付時間 土日祝日を除く 12:00～17:00）
メールアドレス：support@ml.enterbrain.co.jp

か-2-01

お狐（きつね）サマの言（い）うとおりッ！

かたやま和華（わか）

2007年2月27日 初刷発行

発行人　浜村弘一
編集人　青柳昌行
発行所　株式会社エンターブレイン
〒102-8431 東京都千代田区三番町6-1
（代表）0570-060-555
編集　B's-LOG編集部 文庫グループ
編集担当　三ヶ尻訓子
デザイン　星野いづみ（WANNABIES）
印刷所　凸版印刷株式会社

ISBN978-4-7577-3364-0

定価はカバーに表示してあります。